노란집

노란집

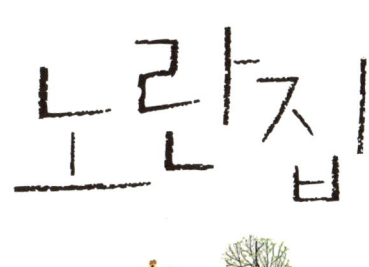

박
완
서

삶은 누추하기도 하지만 오묘한 것이기도 하여
살다 보면 아주 하찮은 것에서 큰 기쁨,
이 세상에 태어나길 참 잘했다 싶은 순간과 만나질 때도 있는 것이다.

서문
엄마의 휘모리장단

이 책에 실린 글들은 어머니가 2000년대 초반부터 아치울 노란집에서 쓰신 글이다. 돌아가신 지 이 년이 훌쩍 지나갔지만 어머니의 뜰에는 살아 계실 때와 거의 똑같은 속도와 빛깔로 꽃이 피고 지고 있다. 염천인데도 직선으로 올라온 상사화 꽃대와 나무수국 흰빛과 목백일홍 붉은 꽃송이가 여름의 빛을 내고 있다.

나는 아직도 엄마를 부른다. 꽃이 피면 감탄사를 가장 먼저 전하고 싶어 엄마를 찾는다. 내 마음속 어린애는 아직도 엄마를 부르는데 나는 어느 틈에 할머니가 되어 있다. 손녀를 부르는 내 음성에 나도 모르게 어머니의, 어머니의 소리가 배어 있다. 엄마가 그랬듯이.

첫 장의 「그들만의 사랑법」은 짧은 소설 형식으로 노부부의 삶을 그리고 있다. 이 글 속 영감님과 마나님의 일상을 행복하다거나 복이 많다거나 하기에는 너무 안일한 표현일 것 같다. 그 행복은 영감님 등떠리의 지게 자국이나 흘린 땀의 농도처럼 깊이를 알 수 없다.

어쩌면 누추해 보일 수도 있는 노인의 삶을 때로는 쾌활한 다듬잇방망이의 휘모리장단으로 때로는 유장하고 슬픈 가락으로 오묘한 풍경 속에 보여준다. 어머니가 애써 선택한 마나님이라는 호칭이 마땅한 존칭임을 알기에 참으로 소중하게 느껴진다. 이 잡는 풍경까지도 그립게 만드는 유머 감각과 새우젓 한 점의 의미까지도 허투루 버리지 않는 철저함을 느끼고 따를 수 있는 것에 감사하다. 생의 마지막 순간까지 경쾌함과 진지함의 균형 감각을 잃지 않았던 어머니를 마음 깊이 아끼고 존경한다.

"물의 흐름도 수많은 들과 굴곡을 만남으로써 속도가 조절되듯이 우리의 발전도 반대나 회의하는 입장이 있음으로써 비로소 곤두박질을 면하고 균형을 잡을 수 있는 게 아닐까." (p. 84)

"그러나 고독처럼 산뜻하고 청량한 냉기가 없다는 것을 곧 온몸으로 느끼게 될 것이다." (p. 96)

무엇보다 글과 꼭 어울리는 삽화에 어머니 얼굴을 그려준 이철원 화백에게 감사드린다. 웃음 지으며 창밖을 내다보거나 서재에서 뒷짐을 지고 있는 그림이 사진과는 다른 특별한 감흥을 준다. 상사화 꽃잎 위에 가볍게 올라앉은 그림처럼 정말로 이 생의 무게를 모두 내려놓고 꽃잎 위에 날아와 앉은 나비가 되신 것인가? 어머니의 글을 읽으며 조용히 귀 기울이면 어머니의 목소리를 들을 수 있어 행복하고 감사하다. 그리움에 눈물이 솟을지라도.

이 책이 나오기까지 오랫동안 공을 들여준 열림원 가족들에게 깊은 감사를 보낸다.

2013년 8월 아치울 노란집에서
호원숙

차례

서문 7

1 그들만의 사랑법

속삭임 15　토라짐 18　동부인 22　나의 보배덩어리 시절 24
휘모리장단 27　그들만의 사랑법 30　그들의 추수 34　영감님의 사치 37
마나님의 허영 40　꿈은 사라지고 43　봄볕 등에 지고 47
예쁜 오솔길 50　한여름 낮의 꿈 53

2 행복하게 사는 법

행복하게 사는 법 59　친절한 사람과의 소통 68　할아버지의 웃음 73　선택 79
책에 굶주렸던 시절의 행복 85　나의 환상적 피서법 93　천국과 지옥 98
내가 본 가장 아름다운 결혼식 103　내가 너의 이름을 불러주었을 때 106

3 이제야 보이기 시작하는 것들

이제야 보이기 시작하는 것들 113　오해 118　소리 124
나귀를 끌 것인가, 탈 것인가 129　마상馬上에서 133
남편 기 살리기 137　현실과 비현실 142　치매와 왕따 148　배려 160

4 내리막길의 어려움

하찮은 것에서 배우기 167   내리막길의 어려움 171   시냇가에서 174
눈독, 손독을 좀 덜 들이자 177   우리 마당의 부활절 무렵 181
내가 가장 좋아하는 덕담 186   세기말이 있긴 있나 190   우리의 저력 194
봄이 오는 소리 200   내려다보며 살기 204

5 삶을 사랑하기 때문에 쓴다

삶을 사랑하기 때문에 쓴다 211   심심하면 왜 안 되나 214   현대의 천국 218
겨울 정경 222   산후우울증이 회복될 무렵 227   정직한 아이의 도벽 230
소설가의 그림 보기 그림 읽기 236   또 한 해가 저물어가는데 242

6 황홀한 선물

우리가 잃어버린 진정 소중한 것 263   황홀한 만남 268
동숭동 캠퍼스의 추억 273   우리 동네 281   가장 확실한 암호 286
황홀한 선물 294   봄의 끄트머리, 여름의 시작 296

도대체 저 사람들은 무슨 재미로 살까,
더러 그들을 딱하게 여긴 일가붙이나 이웃들도 없지 않아 있으렸다.

1 그들만의 사랑법

속삭임

　　　　　마나님이 툇마루에 나앉은 것은 밖에서 나는 어떤 기척 때문이었다. 분명히 소리도 아닌 것이 냄새도 아닌 것이 불러낸 것 같은데 밖은 텅 비어 있었다. 겨우내 방 속 깊이 들어오던 햇빛이 창호지 문밖으로 밀려나면서 툇마루에서 맹렬히 꼼지락대고 있을 뿐. 스멀스멀 살갗을 간질이던 기척은 바로 저거였구나. 봄기운이었다. 별안간 방 안이 굴속처럼 어두워 보였다. 낮잠을 자던 영감님도 어느 틈에 무릎걸음으로 기어 나와 눈을 가느스름히 뜨고 아직은 겨울나무 티를 못 벗은 마당의 감나무 살구나무 앵두나무 가지 끝에서 노니는 봄볕을 바라본다.

어디선가 한 떼의 굴뚝새가 날아와 살구나무 가지에 앉아서 밀어처럼 작은 소리로 지저귄다. 저것들은 어디서 그 혹독한 겨울을 나며 새끼들을 먹여살렸을까. 땅속에서 잠자던 미물들이 깨어나면서 굳은 땅에 균열을 일으키는 미미한 소리까지 들리는 듯하다.

살아 있는 모든 것들은 지금 왕성하게 교감을 하고 있다. 봄이 얼마나 잔인한 계절이라는 걸 노부부는 경험으로 알고 있다. 봄엔 늘 배고팠다. 그들이 어렸을 적에도 그러하였고 젊었을 적에도 그러하였다. 지금 그들은 끼니 걱정 안 한 지 오래되었고 시골에 살지만 텔레비전도 있고 세탁기도 있고 보일러도 있다. 그러나 편리한 것들 때문에 나무와 풀과 새와 나비와 교감하는 능력을 잃었다. 잃은 줄도 모르게 잃었던 것을 봄기운이 불러냈나 보다.

그들은 봄기운이 시키는 대로 한다. 영감님은 오늘처럼 밝은 햇볕 속에서 베갯모 수를 놓고 있는 처녀를 담 너머로 훔쳐보던 옛날얘기를 한다. 마나님은 귀가 좀 어둡다. 행복해 보이는 표정으로 미루어 저 영감이 또 소싯적 얘기를 하나 보다 짐작하고 아무러면요, 당신 한창땐 참 신수가 훤했죠, 기운도 장사고.

이렇게 동문서답을 하면서 마나님은 문득 담 너머로 자신을 훔쳐보던 잘생긴 총각과 눈이 맞았을 때처럼 가슴이 울렁거린다. 그렇게 되면 이건 동문서답이 아니다. 아무려면 어떠랴, 지금 노부부를 소통시키고 있는 건 말이 아니라 봄기운인 것을.

토라짐

　　　　　　점심상에 알배기 굴비를 올릴 때까지만 해도 마나님은 행복감으로 마음이 그들먹했다. 겸상을 하고 막 수저를 들려는데 딸한테서 전화가 왔다. 안부전화여서 오래 걸리지 않았는데도 밥상으로 돌아와 보니 그사이에 굴비는 온데간데없다. 살을 어찌나 알뜰하게 발라먹었는지 머리와 꼬리를 잇는 등뼈의 가시가 빗으로 써먹어도 좋을 정도로 온전하고 깨끗하다. 한 마리에 오만 원도 넘는 진짜 영광굴비래요. 며느리가 집에 선물 들어온 굴비 두름에서 세 마리를 갖다주며 한 말을 마나님은 영감님에게 몇 번이나 되뇌며 그 굴비를 구웠는지 모른다. 아들이 그런 비싼 선물을 받았다는

게 대견해서 마나님은 마냥 신이 났던 것이다.

그러다 별안간 허방을 밟은 것처럼 비참의 밑바닥에 내팽개쳐진 것이다. 평생 제 입밖에 모르는 영감과 살아왔거늘 이제 와서 웬 지옥불 같은 증오란 말인가. 하긴 저 영감이 무슨 잘못이람. 아들을 저따위로 키운 시어머니 탓을 하다가, 난 또 뭔가, 내가 저 영감을 저렇게 길들인 걸, 자신을 다독거렸다가, 그래봤댔자 남는 건 허망감밖에 없다. 한바탕 허망감이 휩쓸고 지나가면 뼈에는 숭숭 구멍이 뚫리고 입술은 다시는 열리지 않을 빗장처럼 무겁게 닫힌다.

영감님은 마나님이 왜 토라졌는지 아직도 모른다. 알려고도 하지 않는다. 오십여 년을 해로하면서 어찌 좋은 날만 있었겠는가. 툭하면 토라지기도 잘하지만 뒤끝이 없어 언제 그랬더냐 싶게 헤헤거리기도 잘하는 마누라였다. 그래 버릇해서 영감님은 한 번도 마누라가 왜 토라졌는지 그 근본 원인을 캐들어간 적이 없다. 불화가 오래가면 자기만 손해라고 생각해서 얼렁뚱땅 화해를 서둘렀을 뿐이다.

영감님이 알고 있는 화해의 방법은 딱 한 가지 불문곡직 잠자리에서 마누라를 기쁘게 해주는 거였다. 그는 그 방법밖에 모를 뿐 아니라 그 방법에 자신이 있었기 때문에 부부싸움을 오래 끄는 자식놈들이 한없이 변변치 못해 보였다. 그러나 이

제 내가 그 방법에 자신이 없어진 것이다. 이제부터 어쩔 것인가. 내 꼴이 어쩌다 이리 초라해졌단 말인가.

동부인

　　　　　　동부인해서 봄나들이 가는 이 영감마님 자태 좀 보소. 뭐가 그렇게 급한지 영감님을 앞질러 종종걸음을 치는 마나님의 얼굴에 연방 느긋하고도 흐뭇한 미소가 비죽대는 걸 보면 좋은 일이 있어도 여간 좋은 일이 아닌 듯. 속정은 있다지만 무뚝뚝하기로 소문난 영감님을 구슬려 꽃놀이를 가남. 아니야, 그게 아니라고 마나님이 꼭꼭 싸 머리에 인 보따리 속에서 암탉이 고개를 내밀고 꼬꼬댁댄다.
　그렇지, 꽃놀이를 가는데 양념치킨이나 켄터키치킨이라면 몰라도 살아 있는 씨암탉이 아랑곳인가. 딸네 집엘 가나 보다. 맞아, 막내딸이 얼마 전에 늦둥이를 보았다고 자랑을 해쌓더니 새 식구를 보러 갈 거야. 글쎄 그 늦둥이가 고추라지 뭐야. 자손이 번성하여 벌써 증손자까지 셋이나 본 노인네들이 그 늦둥이 외손 때문에 저렇게 즐거워하는 걸 보면 딸만 하나 달랑 낳고 더 안 낳겠다는 막내딸이 여간 마음에 걸렸던 게 아닌가 봐.

순순히 따라나선 영감님도 기분이 좋기는 마찬가지이다. 사위가 올 때마다 씨암탉의 목을 비트는 건 영감님 몫이었는데 이번에는 딸을 위해 비틀 생각을 하는 것도 나쁘지 않다. 두 노인은 지금 기분만 최고일 뿐 아니라 옷차림도 가진 옷 중에 제일 좋은 옷으로 격식을 갖추었다. 장 속엔 자식들이 회갑에 해준 옷, 칠순에 해준 옷들이 제법 쏠쏠하건만 평상시 영감님이 혼자 외출할 때 그것 좀 다려달라면 마나님은 소싯적 버릇을 못 버리고 곱지 않은 눈을 뜨고 어디 갈 거냐고 꼬치꼬치 캐묻곤 했다. 이 나이에 누가 날 거들떠나 본다고. 같이 외출해주는 것만으로도 감지덕지해주는 여자는 이제 마누라밖에 없는 것을.

마누라한테 좋은 일 해주는 셈치고 하는 동부인이라는 우월감 때문에 영감님은 아직도 뭘 모른다. 아마 막내딸년이 그걸 가르쳐주게 될 것이다. 어머머 우리 아빠 좀 봐. 어쩌면 엄마한테 저 무거운 보따리를 이게 하고 아빤 빈손으로 오신담, 아이 창피해.

나의 보배덩어리 시절

　　　　　　우리 할머니는 바늘귀를 꿰드릴 때마다 '아이고 우리 보배덩어리' 하면서 내 엉덩이를 토닥거려주시곤 했다. 며느리를 셋씩이나 거느리고 사셔서 당신의 입성은 물론 까다롭기 그지없는 영감님 의관 수발까지 몽땅 며느리들한테 떠넘기셨건만 여러 식구 버선볼 대는 것하고 조그맣고 모난 헝겊 조각도 버리지 않고 모아두었다가 색 맞춰 크고 작은 보자기를 만드는 건 할머니 몫이었다.

　할머니 곁엔 늘 반짇고리가 붙어 다녔다. 그건 아마 놀이에 가까운 할머니의 취미생활이었을 것이다. 그런 일을 하는 할머니의 표정은 출입이 잦은 할아버지 명주 두루마기를 밤새

위 지어야 하는 고달픈 며느리들에 비해 한결 느긋하고 장난 스럽기까지 했다. 조각보뿐 아니라 염낭이나 괴불 골무 따위 앙증맞은 것들을 요술처럼 만들어내는 할머니가 왜 바늘귀도 못 꿰는지 그게 난 너무도 이상했다.

할머니의 보배덩어리 노릇도 좋지만 딴 놀이에 팔렸을 때 자꾸만 부르는 게 귀찮아서 바늘귀 꿰는 법을 가르쳐드리고 난 아예 손을 떼려고 한 적도 있다. 내가 먼저 시범을 보이고 나서 그대로 해보라고 시켜도 할머니는 그걸 못했다. 할머니가 쥔 실 끝은 번번이 바늘귀에서 꼭 5밀리쯤 벗어나 헛되게 꽂히곤 했다. '할머니 바보', 난 앙칼지게 할머니를 구박하고 나서 학습시키기를 단념했다. 할머니가 바보여서 내가 보배덩어리가 될 수 있다는 걸 그때 나는 알지 못했다.

인사동 길을 가다가 쇼윈도를 장식한 조각보가 눈에 띄길래 안에 들어가보았다. 모시 헝겊을 모은 조각보가 가게 안벽에도 두어 장 핀으로 꽂혀 있었다. 우리 할머니의 공교한 솜씨와는 댈 것 아니게 엉성했고 손바느질도 아니었다. 그러나 값은 엄청났다. 들어간 재료나 수공에 비해 너무 비싼 것 같다고 했더니 예술품을 어떻게 재료값으로 따질 수 있느냐고 무안을 주는 것이 아닌가.

요샌 너도나도 예술가가 흔해빠진 세상이지만 옛날이라고

해도 어찌 신사임당만 예술가였겠는가. 우리 할머니도 예술가였던 것을. 다만 후손의 안목이 아둔하여 한 점도 간직한 이가 없으니 부끄러울 따름이다.

휘모리장단

　　　　　　내 어릴 적 시골집에는 여자들이 많아서 그런지 다듬질을 혼자 하는 걸 못 봤다. 꼭 동서끼리나 고부간에 마주보고 했다. 그러니까 네 개의 방망이에 가속이 붙으면서 장단이 잘 맞으면 신들린 휘모리장단이 되었다. 그들이 그렇게 신나게 난타한 건 옷감이나 홑청이 아니라 시집 어른들이나 남편의 속 빈 권위주의가 아니었을까. 다듬질할 때 그들은 그 어느 때보다도 신나 보였고 다듬이 소리에 질세라 소리 높여 떠드는 수다 소리도 쾌활하고 무엄했다.
　접은 자리도 없이 빤질빤질하게 다듬잇살을 올리기 위해서 홍두깨다듬이를 할 적도 있었다. 그때 우리 집에는 홍두깨가

굴러떨어지지 않게 걸쳐놓는 홍두깨틀이 없어서 나한테 홍두깨 끝을 잡고 있으라고 시켰다. 그것도 일이라고 고역스러웠다. 홍두깨의 떨림을 고스란히 감당해야 하는 여린 손바닥은 단박 발갛게 부어오르곤 했다.

다듬질이 잘된 상태를 어른들은 다듬잇살이 잘 올랐다고 표현했다. 천이 반들반들 윤이 나고 도타워진 게 요샛말로 하면 코팅을 해놓은 것 같아야 다듬질이 잘된 거였다. 내가 시집갈 때도 새하얗게 마전하고 풀먹인 광목을 엄마하고 작은엄마하고 둘이서 그렇게 신나게 장단을 맞춰가며 반들반들 다듬잇살을 잘 올려 이불 홑청을 해주셨다.

시집을 가니 시집에도 다듬잇돌은 있었지만 그걸 요긴하게 쓴 기억은 없다. 나는 다듬질할 엄두가 안 나 그냥 풀을 먹여 다렸고 얼마 안 가서 다듬질할 필요가 없는 새로운 소재들이 속속 나와 다듬잇돌과 방망이는 북어를 두들길 때나 써먹는 기구로 하락했다. 아파트로 이사할 때 나는 그 대물림의 다듬잇돌을 그 집에 그냥 놔두고 방망이만 가지고 와서 칼국수를 미는 데 써먹다가 그 후 몇 번 이사를 더 하는 사이에 흐지부지 없어지고 말았다.

교외에 한옥을 개조한 한 토속음식점에서 대청마루에다 다듬잇돌을 놓고 그 위에다 모란꽃 만발한 요강을 장식해놓은 걸 본 적이 있다. 그 옆엔 작두가 놓여 있었고, 안방 벽에는 잘록한 부분을 매듭으로 장식한 다듬잇방망이와 키와 체가 나란히 걸려 있었고, 방구석에는 조화를 한 아름 담은 지게도 보였다. 헛간에 있을 게 안방에, 뒤꼍에 있을 게 마루에, 마루 밑에 있을 게 선반에, 문틀에 달려 있어야 할 문짝이 천장에 매달려 전통적인 실내 장식인 양 뽐내고 있는 집은 그 집 말고도 많이 눈에 띈다. 아무리 서로 웃기지 못해 안달을 하는 세상이라지만 요긴하게 쓰이던 소박한 생활용품까지 총동원해 천박한 개그를 시킬 건 또 뭔지.

그들만의 사랑법

부지런히 일한 만큼 논밭이 늘어나고, 부지런히 사랑한 만큼 자식새끼들도 늘어나 손발이 북두갈고리가 되도록 몸을 아끼지 않고 일하는 것밖에는 딴 삶의 방식을 생각할 겨를이 없던 그들의 한창때, 도대체 저 사람들은 무슨 재미로 살까, 더러 그들을 딱하게 여긴 일가붙이나 이웃들도 없지 않아 있으렷다. 만약 어떤 실없는 이가 그런 궁금증을 입밖에 내어 물었다면 남편은 이 세상 살맛의 으뜸을 내 논에 콸콸 물 들어가는 거 보는 맛이라 했을 테고, 아낙은 내 새끼들 입에 수북한 입쌀 밥숟갈 들어가는 것 보는 낙이라 하지 않았을까.

이제 뿔뿔이 흩어져 도시로 나간 자식들은 제각기 슬하에 제 새끼들을 키우기 바빠 명절에나 코빼기를 볼까 말까이다. 자식들이 농사 안 짓고도 제 밥벌이 할 만큼 가르치느라 해마다 팔아 치운 농토는 이제 허리 굽은 영감마님 힘에 부치지 않을 정도밖에 안 남았으니 농사랄 것도 없다. 그러나 그나마도 없다면 무슨 일로 소일을 할 것인가.

들일하는 기쁨 중에 으뜸은 목이 컬컬할 때를 맞춰 마나님이 받아 오는 텁텁한 막걸리로 목을 축이는 일이다. 마나님 또한 그 시간이 좋다. 강술은 속 버려요, 하면서 풋고추나 멸치를 된장에 쿡 찍어 내밀면, 아 하고 순순히 입을 벌리는 영감님이 귀엽기까지 하다. 마나님은 영감님이 달게 벌컥벌컥 막걸리 들이켜는 모습을 보면 새끼들 입에 탐스러운 밥숟갈 드나드는 걸 바라볼 때보다 더 뿌듯하다.

식성이고 입성이고 가리는 게 별로 없이 수다분한 영감님이지만 페트병에 든 막걸리만은 싫어해서 마나님은 꼭 찌그러진 양은 주전자에다가 옮겨 담아 가지고 나온다. 페트병 한 병 분량의 막걸리도 마나님과 권커니 잣거니 마시고 싶어하니 주량이 줄어도 여간 준 게 아니다. 마소처럼 일할 때는 말술도 마다하지 않은 영감님이었다. 그래도 한 번도 한뎃잠을 자거나 주사를 부릴 만큼 취한 적 없이 한잠 자고 나면 거뜬히 일할 신명을 돌이켰으니 마나님은 막걸리가 보약처럼 대견하다.

　마나님은 영감님이 혹시라도 아무도 대작할 이 없이 쓸쓸하게 막걸리를 들이켜는 일이 생긴다면 그 꼴은 정말로 못 봐 줄 것 같아 영감님보다 하루라도 더 살아야지 싶고, 영감님은 마나님의 쭈그렁바가지처럼 편안한 얼굴을 바라보며 이 세상을 뜰 수 있다면 얼마나 좋을까 싶어 요즘 들어 부쩍 마나님 건강이 염려스러운 것, 그건 그들만의 지극한 사랑법이다.

그들의 추수

평생 배운 거라곤 땅 파는 재주밖에 없는 이 늙은 양주에게 추수한 낟알을 되어서 가마니에 쟁일 때처럼 대견하고 행복한 시간은 다시없을 것이다. 그들이 지금 추수하고 있는 것은 황금 같은 낟알이기도 하지만 그들이 함께해온 노고와 고락의 세월이기도 하다. 문득 마주친 눈길에는 신혼 시절의 수줍음도, 한창때의 열기도, 중년기의 짜증도, 설늙었을 때의 허망감도 없다. 그 고비를 무사히 건너온 공을 상대방에게 돌리고 싶은 곰삭은 정과 평화가 있을 뿐. 그리고 심은 씨앗의 몇백, 몇천 배의 이자를 붙여서 틀림없이 되돌려주는 땅에 대한 깊은 신뢰와 감사가 있을 뿐.

한때는 땅에서 나는 소출만으로는 자식들 공부시키기에 턱없이 부족해 야금야금 팔아먹은 논밭이 아까워 잠을 못 이룬 적도 있지만 그것조차 지금 생각하니 허욕이었지 싶다. 열심히 일한 만큼 늘어나다가 필요한 때 돈이 돼준 땅이 아닌가. 그때의 억울하고 서운한 마음은 아마 땅에 대해서가 아니라 들인 만큼 갚아주지 않는 자식새끼들에 대해서가 아니었을까.

이제 그런 서운한 마음까지도 졸업한 지 오래다. 동네서 알아주는 땅부자에다 자식부자를 겸했을 때 오히려 불안한 결핍감에 떨었던 것을 그들은 잊지 않고 있다. 결국 자식에게 농사를 물려주는 대신 공부시키기를 택함으로써 땅을 배반했다. 그러나 땅은 그들을 배반하지 않았다. 그들이 땅을 판 게 아니라 땅이 알아서 그들 나이의 근력에 부치지 않을 만큼만 남고 떠나는 것처럼 야금야금 줄어들었다.

땅이 많을 때도 소출은 그들의 필요에 멀리 미치지 못하더니 이제 그들이 지을 수 있을 만큼만 지은 농사만으로도 남아돌아 그들은 지금 곡식을 되면서 맏이네 얼마, 둘째는 얼마 하는 식으로 노느매기할 생각에 마냥 들떠 있다. 영감님은 장유에 따라, 또는 아들딸에 따라 퍼주는 양의 차이를 두고 싶어하지만 마나님은 곰살궂거나 용돈을 잘 주는 자식을 더 주고 싶어한다. 그 때문에 옥신각신하지만 곧 형편이 나은 자식은 덜 주고 어려운 자식은 더 주는 식으로 지혜롭게 타협할 것이다. 그들이 이 좋은 날 추수하고 있는 건 낟알이 아니라 세월이기 때문이다.

영감님의 사치

　　　　　　　영감님도 마나님도 식민지 시대에 태어
났다. 먹는 거 입는 거 다 부실할 때, 왜 물것은 그렇게 많던
지, 바람벽엔 빈대 피로 대나무 그림을 그린 초가삼간 아랫목
에 온 식구가 옹기종기 모여 앉아 속옷을 홀라당 벗고 이 잡
던 얘기를 하면 손주들은 비명을 지르며 진저리를 치고, 며느
리들은 시집의 미천한 근본이라도 드러난 양 아이들에게 그
런 얘기를 무엇하러 하느냐고 눈살을 찌푸려가며 경멸 섞인
훈계를 하려 든다.
　하긴 해진 속옷 누덕누덕한 갈피에서 보리쌀만 한 이를 찾
아내어 손톱으로 눌러 죽이며 희희덕대던 유년기를 생각하면

사람의 일이라기보다는 짐승의 시간이었던 것처럼 창피해서 숨기고 싶다. 그러나 마나님에게는 영감님이, 영감님에게는 마나님이 아무하고도 바꿔치기할 수 없는 단 하나의 소중한 사람인 까닭은 반세기가 넘게 한이불 속에서 살을 맞대고 살아온 사이여서라기보다는 더 긴 세월을 같은 시대, 같은 문화권에서 살았다는 흉허물 없는 친밀감 때문이 아닐까.

영감님이 마나님에게 등을 내밀 때 하는 말은 정해져 있다. 먼저 어깨를 몇 번 으쓱으쓱 등이 군실거리는 시늉을 하고 나서 몸에 물것이 들었나, 하고 중얼거린다. 그러면 마나님은 요새 물거가 어딨다고 그러슈, 다 늙느라고 그러지, 라고 맞받으면서 얼른 영감님을 돌아앉히고 러닝셔츠를 걷어올린다. 마나님의 손끝은 영감님의 가려운 데를 손바닥 안에 지도 보듯이 잘도 짚는다. 마지막 마무리로 손바닥으로 두어 번 등을 쓸어내려주면 영감님의 "아이 시원해. 아이구구 시원해" 소리는 거의 교성으로 변한다.

마나님의 손바닥은 아직도 그렇게 꺼끌꺼끌 거칠다. 뾰족하지 않은 손톱과 부드럽지 않은 손바닥과, 자신의 체온과 구별이 안 되는 편안한 온기 때문에 영감님은 손자들한테 선물 받은 효자손이 집구석 여기저기 지천으로 굴러다니건만 한사코 마누라 손만 바친다. 효자손 대신 마누라 손은 영감님의 유일한 사치다. 무얼 숨기랴. 누가 먼저랄 것도 없이 누더기 옷에서 이 잡던 때를 그리워하는 소리를 해도, 그럼 그렇고말고, 맞장구를 쳐줄 수 있는 것도, 궁상스러운 비위생이 좋아서가 아니라 식구들 사이에 체온의 교류가 있었던 시절에 대한 안타까운 추억 때문이라는 걸 알기 때문이다.

마나님의 허영

늦도록 해로하는 부부를 보면 흔히들 서로 등 긁어줄 사람이 있어서 얼마나 좋으냐고 부러워한다. 그러나 요즘 마나님은 주로 효자손을 애용하는 편이다. 영감님 등을 긁어주려면 어쩔 수 없이 만져지는 굽은 등뼈의 마디마디도 섬뜩하거니와 치마폭 하나 가득 떨어지는 허연 비듬과 늙은이의 강한 체취가 불러일으키는 혐오스러운 이물감 때문이다. 한때 그녀의 가슴을 울렁거리게 한 떡판처럼 든든하고 기름진 등판을 가진 믿음직스러운 사나이는 어디로 갔단 말인가. 그건 내가 이러면 죄받지 싶은 심각한 죄의식 같기도 하고 도저히 억제할 수 없는 정직한 내면의 목소리 같기도 하다. 그렇게 오랫동안을 해로한 부부를 잠깐이지만 정떨어지게 한 일을 자신은 당하고 싶지가 않았다. 그건 마나님의 마지막 허영이자 여자 끼였다.

　마나님에게는 여러 명의 손자 손녀가 있지만 유난히 눈에 밟히는 손자가 있다. 맏손자도 아니고 막내 손자도 아니고 한때 업어 기른 적이 있는 녀석이다. 녀석의 포동포동한 엉덩이와 젖냄새와 지린내를 생각하면 지금도 절로 얼굴에 미소가 떠오른다. 동네나 버스 안에서 어린애만 보면 만져보고 싶어 마음이 간지러운 것도 그 녀석한테 맛들인 아기 냄새일 듯싶다. 녀석도 할머니한테 곰살궂게 군다. 어미 아비가 시켰는지는 몰라도 등 긁어줄까 자청할 적도 있다. 그러나 허연 비듬이 이는 살갗을 보이기가 싫어서 안 가렵다고 한다. 대신 어깨나 좀 주물러보라고 하면 녀석은 신이 나서 주무르기도 하고 안마도 한다. 녀석의 손힘이 제법 마디다. 아이고 신통한 것. 고작 그것만으로도 업어 기른 보람이 마나님의 삭정이 같은 몸에 생기가 되어 퍼진다.

　우수수 지는 잎을 보며 심란해하던 게 엊그저께 같은데 벌써 한겨울인가. 울안의 나무들도 울 밖의 나무들도 말끔히 잎을 떨구고 맨몸으로 늠름하게 서 있다. 나무는 맨몸이 더 잘생겼다는 걸 이제야 알겠다. 나무가 부럽다. 문득 재작년에 얻어다 심은 울안의 목련나무에 눈이 간다. 그놈도 벌거벗고 있긴 마찬가지다. 그러나 하늘 향해 죽 뻗은 가지 끝마다 내년에 필 꽃봉오리들이 가슴을 간질이는 것 같은 느낌을 참지 못해 마나님은 등 위의 손자를 앞으로 끌어당겨, 아이고 우리 강아지, 볼을 부빈다.

꿈은 사라지고

　　　　　　영감님 어렸을 때만 해도 엄동설한이 어찌나 길던지 대문에 입춘대길 방을 붙이려면 풀이 허옇게 얼어붙어 애를 먹었었다. 그 시절 어른들이 자주 읊조리던 "우수, 경칩이면 대동강도 풀린단다"라는 말 속에는 엄혹한 겨울을 넘기고도 선뜻 다가와주지 않는 봄에의 갈망이 담겨 있었다.

　지금 영감님은 텃밭머리에 서 있다. 봄은 기다릴 새 없이 성큼 발밑까지 다가와 있다. 어찌 발밑뿐이랴. 그의 눈길이 미치는 한 봄기운이 스며 있지 않은 곳이 없다. 햇빛이 다르고, 물빛이 다르고, 바람이 다르다. 움트고 싶은 씨앗들의 아우성으로 땅이 걷잡을 수 없이 부풀어 오르고 있다는 걸 영감님은 신발 신은 발바닥으로도 충분히 느낄 수가 있다. 갈아엎어주기를 바라는 흙의 욱신거림, 거기 화답하지 않고는 못 배기던 농사꾼의 근육. 그러나 지금 삽을 들고 밭으로 나온 것은 다만 오랜 습관에 지나지 않았던 양 영감님은 망연히 들판을 바라볼 뿐 선뜻 땅에 삽을 꽂지 못한다.

  영감님의 심중은 종잡을 수 없이 착잡하다. 여태껏 우직하도록 단순 소박하게만 살아온 영감님에게 이런 느낌은 여간 낯설지가 않다. 자신이 낯설어진다는 게 얼마나 고약한 느낌인지 평생을 해로해온 마나님조차 알아줄 것 같지 않다. 그래서 영감님은 시방 고독하다. 깊숙한 곳에서 분노가 끓어오르

는 쓰디쓴 고독감. 땅에 삽을 꽂는 대신 집으로 들어가서 헛간 구석의 찌그러진 양철통이라도 두들겨볼까. 그러면 아마 떵떵거리는 소리가 온 동네에 퍼지겠지.

　도시에 사는 자식들이 아버지도 곧 떵떵거리며 사시게 될 거라며 영감님을 부추긴 건 작년 봄부터였던가, 여름부터였던가. 어디서 이 마을이 개발 예정지에 포함될 거라는 정보를 알아낸 자식들은 눈빛부터 달라지기 시작했다. 그러나 영감님은 들은 척도 안 했다. 근처에 무슨 공단이 들어선다, 스키장이 생긴다, 골프장이 생긴다고 가만히 있는 땅에다 못된 바람을 불어넣은 걸 어디 한두 번 봐왔나. 자식 중 누가 어디서 알아낸 정보인지

는 몰라도 일제히 헛된 꿈을 꾸기 시작한 자식들은 자주 고향 방문을 했고 그때마다 영감님은 너희를 공부시킨 건 이 아비가 아니라 이 땅이었노라, 그러니 그 이상을 이 땅에서 바라지 말라고 넌지시 타이르곤 했다.

또 헛소문이었다. 자식들의 전화질도 뜸해졌다. 섭섭하고 화도 났다. 영감님이 화가 나는 건 자식들에 대해서가 아니라 자신에 대해서이다. 자식들보다도 자기가 더 땅값이 치솟아 농사 안 짓고도 떵떵거리며 살게 되길 바라고 있었다는 걸 알아버렸기 때문이다. 그래 떵떵거리며 살려무나. 이런 한심한 늙은이, 아침저녁으로 양철통이라도 두들겨 패야 이 울화가 달래지려나?

봄볕 등에 지고

앞산 골짜기엔 아직 희끗희끗 잔설이 보이건만 들판 양지쪽엔 봄이 질펀하다. 폭신한 햇살을 등에 이고 쑥잎도 뜯고 냉이도 캐면서 마나님은 살아 있다는 게 마냥 행복하다. 영감님은 냉이국을 좋아한다. 쌀뜨물에다 맨된장만 넣고 끓여도 영감님은 한 그릇으로는 성이 차지 않는지 꼭 또 한 그릇을 청한다. 식성이 까다롭지도 않지만 식탐을 하는 법도 없는 영감님이기에 마나님은 그게 여간 흐뭇한 게 아니다. 봄을 또다시 맞아 흙냄새를 맡으며 나물을 캘 수 있다는 것, 캐어 가면 반길 사람이 있다는 것이 너무 고마워 천지신명께 절이라도 올리고 싶다. 천지신명의 올해 첫 선물인 파릇

파릇한 먹거리를 찾아 이렇게 겸손되이 땅을 기는 게 곧 절인 것을.

 어릴 적엔 언니들을 따라, 철들고는 봄기운을 못 이겨, 전쟁 때는 먹을 것이 모자라, 봄 되기가 무섭게 들로 산으로 나물 캐러 다닌 지가 칠십 년이나 되건만 이 일은 왜 이렇게 싫증이 안 나고 해마다 새록새록 신기한 것일까. 칠십을 넘어 사는 동안 신기한 것도 많이 보아왔다. 새댁 시절 아궁이 앞에서 깜빡 졸다가 치마폭에 불이 붙어 하마터면 타 죽을 뻔한 적이 있는 마나님은 연탄이 처음으로 농촌에 들어왔을 때 그렇게 신기할 수가 없었다.

 그 후 신기한 것이 새록새록 생겨나면서 마나님의 고된 신역을 덜어주었다. 그중에도 전화를 처음 놓았을 때, 부엌을 고치고 가스레인지를 설치했을 때, 연탄보일러가 기름보일러로, 기름보일러가 다시 심야 전기보일러로 바뀌었을 때 얼마나 기쁘고 대견했던지 사람은 그저 오래 살고 볼 일이라고, 이런 좋은 세상을 못 본 조상들은 아무리 장수를 했어도 반세상밖에 못 살았다고 측은해하는 마음까지 품었다. 그러나 그런 신기한 것들은 길들여지자마자 시들해지고 마는데 이 쑥잎이나 냉이 같은 보잘것없는 것들은 어찌하여 해마다 새롭고 가슴을 울렁거리게 하는 것인가.

그뿐인가. 새로운 문물에는 내가 더 살면 무슨 꼴을 더 보려나 싶게 역겨운 것도 많건만, 살갑고 포근한 봄볕 속에서 땅 위를 기는 기쁨은 이 좋은 것들을 앞으로 몇 해나 더 누릴 수 있을까, 마냥 아쉽고 애틋하니 이 무슨 조화인가. 이팔의 아름다운 나이, 그저 순하고 무던한 줄만 알고 지내던 마을 청년의 심상치 않은 뜨거운 눈길을 등뒤로 느끼게 해준 것도 이런 봄볕이 아니었을까. 사람은 속절없이 늙어가는데 계절은 무엇하러 억만년을 늙을 줄 모르고 해마다 사람 마음을 달뜨게 하는가.

예쁜 오솔길

　　　　　　농사가 많은 집은 오히려 들에 나가 일하는 시간이 많지 않은 것 같다. 벼농사는 모내기부터 추수 탈곡까지 편리한 기계의 도움을 받을 수가 있고, 밭농사도 화학 비료와 농약이 사람의 일손을 대폭 덜어주기 때문이다. 그러나 이 구닥다리 농사꾼 내외만 사는 집은 아직도 신역이 고되다. 얼마 남지 않은 논농사는 뒷동산 다랑이 논만 조금 남겨놓고 다 남을 주었건만 밭농사에 쏟는 영감님의 정성은 마나님 보기에도 지나치다 싶을 정도이다. 도시에 사는 내 새끼 내 손자들한테 농약 안 친 농산물을 먹이고 싶어하는 영감님의 지극한 내리사랑 때문이다.

아이들한테 보내서 환영받는 채소라면 듣도 보도 못한 서양 야채까지도 어렵게 구해다가 심어놓고 잘 안 될까 봐 노심초사 정성을 다해 돌보는 영감님이 마나님은 속으로 여간 안쓰러운 게 아니다. 토종이고 외래종이고 기회만 있으면 구메구메 싸 보내는 농산물을 부모가 들인 정성만큼 자식들이 알아주지 않는다는 걸 마나님이 더 잘 알기 때문이다. 그렇지만 그런 일에라도 보람을 느끼며 온종일 바쁘게 보내지 않으면 어쩔 것인가.

아무 일 안 하고 우두커니 있는 영감님을 마나님은 상상도 할 수가 없다. 시골에서도 돈푼이나 있는 노인들은 툭하면 내기 화투나 하고 젊은것들 흉내를 내고 싶은지 짜장면이나 커피까지 읍내에서 시켜다 먹기 좋아하는데 이 영감님은 어떻게 된 게 그저 마나님이 차려준 밥상이 이 세상 최고의 진수성찬인 줄 안다.

먹는 것만이 아니다. 씻는 것도 마나님이 씻겨주는 걸 제일 좋아한다. 마치 손길을 타는 어린애 같다. 자식들은 언제나 더운물을 쓸 수 있는 욕실을 설치해준 후에도 고향에 내려올 때마다 아버지를 읍내 목욕탕에 모시고 가는 걸 큰 효도처럼 생색내며 해주고 있지만 영감님은 그런 날은 꼭 마나님한테 구시렁거린다. 임자가 등 밀어준 것보다 개운치가 않다고.

여름에 등물을 좋아하는 것도 여전하다. 그들에겐 목욕탕에서 더운물로 목욕한 역사보다 등물의 역사가 훨씬 더 길다. 어려운 집의 어린 신랑 각시로 만난 해부터였으니까. 새색시는 신랑의 넓은 등 전체에 시뻘겋게 더께가 앉다시피 한 땀띠와 떡 벌어진 어깨에 부풀어 오른 지게 자국을 얼마나 절절하게 가여워했던가.

이제 영감님의 등은 청년의 등도 아니고 장년의 등도 아니다. 삭정이처럼 쇠퇴해가는 노년의 몸, 그러나 마나님의 손길이 닿으면 그건 살아 있는 역사가 된다. 마나님은 마치 자기만 아는 예쁜 오솔길을 걷듯이 추억을 아껴가며 영감님의 등을 정성스럽게 씻긴다. 물을 한꺼번에 좍좍 끼얹어도 안 되고, 너무 찬물도 안 된다. 영감님에게 맞는 등물은 자기만 알고 있다는 자부심 때문에 마나님은 이 시간이 마냥 기쁘고 행복하다.

한여름 낮의 꿈

　　　　　　해뜨기 전에 밭에 나가 불볕더위 전에 들어온다는 게 그만 마나님이 영감 허기질까 봐 부르러 나올 때까지 밭에 있고 말았다. 영감님은 눈만 뜨면 할 일을 만들어주고 힘을 들인 만큼 갚아주는 땅이 그저 고맙기만 하다. 한두 해쯤 밭을 묵혀도 두 늙은이 먹고사는 데 지장이 없다는 걸 알건만도 그걸 인정하기가 싫은 것이다. 땅 팔 근력도 없어지면 그때가 바로 죽는 날이라고 부모한테 들은 말이 어느 틈에 그의 소신이 돼버린 것이다.

　콩 심은 데 콩 나고 팥 심은 데 팥 나고, 뿌린 것의 몇백 배를 갚아주고, 정성을 들이면 덤까지 얹어주는 흙과의 친화감은 이제 그의 성품 자체가 되고 말았다. 그는 흙에서 나는 모든 것과 친하다. 그것들이 목마르다고, 숨 막힌다고, 일으켜 달라고 애원하는 소리를 그는 금방 알아듣는다.

기다리던 단비가 온 다음 날 찬란한 햇빛을 받고 나무와 풀과 푸성귀들이 소생의 기쁨을 노래하면 영감님도 덩달아 춤이라도 추고 싶게 온몸이 기쁨으로 출렁인다. 그럴 때 그는 땅에 뿌리박은 한 그루 나무가 된 듯 땅속 저 깊은 곳으로부터 솟구친 생명력이 그의 온몸을 수액처럼 순환하는 걸 느낀다.

나무나 푸성귀들이 느끼는 땅 기운을 그도 똑같이 느끼기에 흙을 만지는 일에 그는 피곤함을 모른다. 오늘도 마나님이 아기 다루듯이 골고루 잘 씻겨주어 한결 개운하고 시원해진 김에 마나님이 차려준 한결같은 점심상을 게 눈 감추듯 비우고 나니 세상에 부러울 게 없다.

밭에는 그가 오늘 해안에 하기로 작정한 일이 아직 남아 있건만 일 욕심 또한 부질없다 싶어 엣다 모르겠다, 목침을 베고 마루에 누우니 잠이 산들바람처럼 솔솔 그의 눈꺼풀을 어루만진다. 도저히 거역할 수 없는 유혹에 온몸이 꿀물처럼 감미롭게 녹아내린다. 부엌 쪽에서 마나님이 설거지하는 소리가 점점 아득해진다. 마지막 날까지 저 소리를 들을 수 있었으면, 죽음도 이렇게 달콤하게 왔으면, 그러면서도 그에게 가장 익숙한 생활음, 그릇 달그락대는 소리에 안타깝게 매달리다가 마침내 스르르 놓아버린다. 농가에 설거지 소리 멎고 뻐꾸기 소리 들린다.

우리 삶의 궁극의 목표는 행복이다.
하루하루를 행복하게 사는 게 곧 성공한 인생이다.

2 행복하게 사는 법

행복하게 사는 법

　　　　　　젊은이들 앞에서 늙은이 티를 내기는 싫지만 나이를 먹는 것처럼 누구에게나 공평하게 닥치는 피할 수 없는 운명도 없는 것 같다. 그래서 부끄러워할 것도 자랑스러워할 것도 없이 내가 요즘 겪고 있는 노쇠현상 중의 하나를 솔직하게 털어놓으려고 한다. 워낙에 초저녁잠이 많고 아침잠이 없는, 소위 아침형 인간에 속했는데 그게 요즘 더 심해져서 아홉 시 뉴스를 보다가 반도 못 보고 잠자리에 든다. 그러고는 새벽 너덧 시만 되면 깨어난다. 아마 여섯 시간쯤은 꿈 없는 단잠을 자는 것 같다.

　전에는 그렇게까지 일찍 깨어나지 않았고, 눈 뜨자마자 시계 먼저 보면서 이른 아침이면 시간을 번 것처럼 옳다구나 벌떡 일어나 어제 못다 한 일들을, 주로 원고 쓰는 일이지만, 계속하다가 해 뜨면 마당에 나가 잔디 사이의 잡초 뽑기, 새로 핀 화초하고 눈 맞추기 등 정원 일을 하며 부지런을 떨었다. 찾아오는 사람도 걸려오는 전화도 없는 아침 시간엔 머리도 맑아 그 시간을 가장 능률적으로 보람 있게 보낼 수 있는 걸 은근히 자랑스럽게 여겼다. 그 시간에 내려서 마시는 원두커피 향은 또 왜 그리 좋은지, 이 맛에 살아, 한낱 커피 향을 가지고 그렇게 외치고 싶기까지 했다.

그러나 근래 몇 년 사이에 그 버릇도 많이 바뀌게 되었다. 새벽부터 부지런 떠는 일 없이 마냥 자리에 누워 게으름을 피우게 된다. 누워서 두서없이 하는 생각은 앞으로의 계획이나 소망이 아니라 주로 지난날의 추억이고, 그중에도 현재의 나에서 가까운 지난날이 아니라 아주 먼 어린 날의 추억이다. 최근의 일은 어제 일도 잘 기억 못 하는 주제에 어릴 적 일은 세세한 것까지 잘 생각이 난다.

그래도 다행인 것은 내가 반추하는 건 주로 사랑받은 기억이다. 나는 문명과는 동떨어진, 농사짓고 길쌈하고 호롱불 켜고 바느질하고 사는 산골 벽촌에서 태어났다. 물질적으로 넉넉지 못했을 뿐 아니라 아버지를 일찍 여의었으니 요샛말로 하면 결손가정이었다. 부족한 것 천지였다. 넉넉한 건 오직 사랑이었다. 아무리 생각해도 미움받거나 야단맞은 기억은 없고 칭찬받고 귀염받은 생각밖에 나는 게 없다. 그게 이른 새벽 잠 달아난 늙은이 마음을 한없이 행복하게 해준다.

어린 날의 추억이 아무리 달콤하다 해도 기억이 미치는 한도는 대여섯 살까지가 고작이고 젖먹이 때 일이나 그 이전, 태어날 때 처음 본 가족이나 이 세상의 첫인상을 기억하는 사람은 아무도 없을 것이다. 그러나 나는 그것까지도 기억하고 있다고 생각하는 게 엄마로부터 들은 이야기 때문이다.

초등학교 들어가고 나서이다. 내가 초등학교에 입학한 30년대는 일제 식민지 치하였다. 창씨개명은 하기 전이었지만 한자로 된 우리이름을 일본식으로 발음해서 불렀다. 학교 가기 전에 집에서 꼭 배워 가야 할 것이 자기 이름을 한자로 쓰는 거였다. 선생님이 출석부 부를 때도 물론 그 한자 이름을 일본식 발음으로 바꿔 불렀다. 일학년 때도 시험 치는 일이 잦아 시험지에 이름을 쓸 때마다 나는 고민도 되고 짜증도 났다. 복잡하고 획수가 많은 내 한자 이름은, 이름을 기입하라고 마련된 네모난 빈칸을 빠져나오기 십상이었기 때문이다.

집에 가서 엄마한테 내 이름이 너무 어렵다고 불평을 늘어놓았더니 엄마가 하시는 말씀이, 나는 밤 열두 시에 태어났는데 여자아이를 순산했다는 소식을 들은 할아버지와 아버지 두 분이 그때부터 밤새 머리를 맞대고 옥편을 찾아가며 지으신 이름이 내 이름이라는 거였다. 그 후 다시는 내 이름에 대한 불평을 안 하게 되었다. 불평은커녕 새 생명을 좋은 이름으로 축복해주려고 머리를 맞대고 고민했을 두 남자, 점잖고 엄하기로 집안에서뿐 아니라 마을에서도 알아주는 상투 튼 할아버지와 젊은 아버지를 떠올리면 내가 이 세상에 태어날 때부터 존중받고 사랑받았다는 확신이 들었다.

그 시절만 해도 남녀차별을 많이 할 때였다. 특히 시골에서는 더했다. 시골 동무들 중에는 '간난이', '섭섭이' 등 어린 마음에도 아무렇게나 성의 없이 지은 것 같은 이름을 가진 아이도 많았다. 그런 아이들에 비해 나는 특별한 대접을 받고 태어난 것처럼 느꼈고, 아버지의 얼굴도 모르지만 나는 결코 불쌍하지 않다고 스스로를 위로하고 존중할 수 있는 자부심이 생겼다.

아버지는 일찍 여의었지만 조부모님과 두 숙부님 내외와 고모까지 한집에서 사는 대가족이었다. 사촌이 생기기 전까지 집안에 어린애가 나 하나뿐이어서 귀염도 많이 받았지만 어리광이 심하고 음식을 많이 가리고 누가 조금만 나한테 언짢게 해도 할머니한테 일러바치는 질 나쁜 고자질쟁이였던 것 같다. 한번 울기 시작하면 목이 쉴 때까지 그치지 않는 고약한 성질 때문에 애먹은 얘기를 숙모들한테 많이 들었다. 그런 나쁜 버릇을 서서히 고쳐준 것도 엄마였다고 생각한다. 학교 갔다 와서 동무들하고 싸우거나 이지메당한 얘기를 하면서 그 동무를 미워하고 욕하면 엄마는 내 역성을 드는 대신, 그러지 말고 그 동무 좋은 점을 한 가지라도 찾아보라고, 며칠이 걸리더라도 그런 마음으로 동무를 대하면 반드시 한두 가지는 좋은 점이 보일 거라고 하셨다. 그렇지만 어리광이 몸에 배고, 고자질하기 좋아하는 고약한 버릇에 누구 편도 안 드는 그런 말씀이 먹혀들 리 없었다.

그러나 일러바쳐야 소용이 없다는 걸 알게 되고부터 차츰 고자질하는 버릇은 없어지게 되었다. 그리고 엄마한테 귀가 따갑게 들은, 남의 좋은 점을 찾아내면 네 속이 편하고 네 얼굴도 예뻐질 거라는 잔소리는 철들고 어른 되어, 엄마한테 그런 소리를 안 듣게 된 후에 오히려 더 자주 생각나고, 어떡하든지 지키고 싶은 생활신조 같은 것이 되었다. 그리고 엄마가 나한테 하신 것과 똑같은 잔소리를 내 아이들에게 하게 되었고, 내 성질까지 정말 그런 사람이 된 것처럼 느낄 때가 많다.

남의 좋은 점만 보는 것도 노력과 훈련에 의해서 얼마든지 가능한 일이라고 단언할 수 있으니 누구나 한번 시험해보기 바란다. 남의 좋은 점만 보기 시작하면 자기에게도 이로운 것이 그 좋은 점이 확대되어 그 사람이 정말 그렇게 좋은 사람으로 변해간다는 사실이다. 믿을 수 없다면 꼭 한번 시험해보기 바란다.

옛 성현의 말씀 중에도 이런 게 있다. '이 세상 만물 중에 쓸모없는 물건은 없다. 하물며 인간에 있어서 어찌 취할 게 없는 인간이 있겠는가.' 아무짝에도 쓸모없는 인간이 있다면 그건 아무도 그의 쓸모를 발견해주지 않았기 때문이다. 발견처럼 보람 있고 즐거운 일도 없다. 누구나 다 알아주는 장미의 아름다움을 보고 즐거워하는 것도 좋지만 아무도 거들떠보지 않는 들꽃을 자세히 관찰하고 그 소박하고도 섬세한 아름다움에 감동하는 것은 더 큰 행복감이 될 것이다.

우리 삶의 궁극의 목표는 행복이다. 행복하려고 태어났지 불행하려고 태어난 사람은 아무도 없다. 누구나 행복하게 살기를 원하지만 각자 선택한 행복에 이르는 길은 제각각 다르다. 돈만 많이 벌면 행복해지리라 믿는 사람이 있는가 하면 출세하여 권력자가 되면 행복해지리라 믿는 사람도 있다. 그리하여 누구는 돈을 벌기 위해 일상의 사소한 기쁨은 희생하고 일만 하다가 저녁이면 돈을 세는 것으로 하루를 마감한다. 돈 세는 일은 갈증난 이가 소금물 마시듯이 잠시의 목마름은 채워줄지 모르지만 곧 더 목말라진다. 그래서 하루하루 더 욕심에 쫓기어 휴식을 모른다.

권좌에 오르고 싶은 사람도 마찬가지이다. 권좌라는 사닥다리엔 정상이 없다. 설사 나 외엔 윗자리가 없는 정상에 올랐다고 치자. 그러면 그 자리를 더 오래 혼자서 누리고 싶은 욕심에 뒤에서 기어오르는 모든 사람을 적대시하고 발길질하며 전전긍긍하게 될 것이다. 미처 정상의 기쁨을 누릴 새도 없이 말이다.

최고의 부자, 최고의 권력자도 시시하게 여길 수 없는 게 아마도 학문이나 예술일 것이다. 그러나 미美나 진리의 추구처럼 천부의 재능 없이는 끝이 안 보이는 분야가 없고, 설사 재능이 있다고 하여도 좌절과 절망을 일용할 양식 삼을 각오가 돼 있지 않으면 도전하기 힘든 분야가 그 분야라고 생각한다. 어떤 전문 분야나 마찬가지이다. 중고등학교 땐 좋은 대학만 들어가면 성공한 인생을 반쯤 달성한 줄 알지만 세상은 그렇게 만만하지 않다. 세상 사람이 알아주는 대학을 나올수록 가족이나 세상 사람의 기대치도 높아진다. 기대에 못 미칠 때 일류학벌이 도리어 열등감이 된다. 열등감처럼 사람을 불행하게 하는 게 없는데, 그건 그 사람이 처음에 우월감의 맛을 보았기 때문이다. 으스대는 쾌감을 알기 때문에 아무도 안 알아주는 입장을 참아내지 못하는 것이다.

　부자가 되거나 권세를 잡거나 전문 분야에서 두각을 나타내는 것이 개인의 특별한 능력이듯이 행복해지는 것도 일종의 능력이다. 그리고 그 능력은 성공한 소수의 천부적 재능과는 달리 우리 인간 모두의 보편적인 능력이다. 창조주는 우리가 행복하길 바라고 창조하셨고, 행복해할 수 있는 조건을 다 갖춰주셨다. 나이 먹어가면서 이를 실감하게 되는데 그것이 연륜이고 나잇값인가 보다.

　하늘이 낸 것 같은 천재도 성공의 절정에서 세상의 인정이나 갈채를 한몸에 받는다 하지만 그 성취감은 순간이고 그 과정은 길고 고되다. 인생도 등산이나 마찬가지로 오르막길은 길고 절정의 입지는 좁고 누리는 시간도 순간적이니 말이다. 이왕이면 과정도 행복해야 하지 않을까. 인생은 결국 과정의 연속일 뿐 결말이 있는 게 아니다. 과정을 행복하게 하는 법이 가족이나 친척, 친구, 이웃 등 만나는 사람과의 인간관계를 원활하게 하는 것이다.

　모든 불행의 원인은 인간관계가 원활치 못한 데서 비롯된다. 내가 남을 미워하면 반드시 그도 나를 미워하게 돼 있다. 남이 나를 좋아하지 않는다고, 나는 잘못한 거 없는데 그가 나를 싫어한다고 여기는 불행감의 거의 다는 자신에게 있다. 자신이 그를 좋아하지 않고 나쁜 점만 보고 기억했기 때문이다.

아무에게도 사랑받지 못하는 사람처럼 불쌍한 사람은 없다. 그건 곧 사랑을 할 줄 모르는 사람처럼 불쌍한 사람은 없다는 소리와 다름이 없다. 처음에도 말했듯이 인간관계 속에서 남의 좋은 점을 발견해 버릇하면 그 사람이 좋은 사람이 되어 나를 행복하게 해주는 기적이 일어난다. 서로 사랑하게 되는 것이다. 사랑받을 만한 구석이 하나도 없는 사람은 이 세상에 없다. 그런 인간을 하느님이 창조하셨을 리가 없다.

현재의 인간관계에서뿐 아니라 지나간 날의 추억 중에서도 사랑받은 기억처럼 오래가고 우리를 살맛나게 하고 행복하게 하는 건 없다. 인생이란 과정의 연속일 뿐, 이만하면 됐다 싶은 목적지가 있는 건 아니다. 하루하루를 행복하게 사는 게 곧 성공한 인생이다. 서로 사랑하라고 예수님도 말씀하셨고 김수환 추기경도 말씀하셨다. 그 말씀은 너희 모두모두 행복하라는 말씀과 다름없을 것이다.

친절한 사람과의 소통

　　　　　　지난겨울은 추위도 유별났지만 큰 눈은 또 얼마나 자주 왔는지. 나는 도시보다 기온이 삼사 도는 낮은 산골마을에 살기 때문에 거의 한 달을 집에서 꼼짝 못하고 갇혀 지내다시피 했다. 나는 눈 공포증이 있다. 어머니가 눈길에서 가볍게 넘어지신 줄 알았는데 엉치뼈가 크게 부서지는 중상이어서 말년의 오륙 년을 집안에만 계시다가 돌아가신 후부터이다.

　눈을 핑계로 외출을 삼가게 되니 책 볼 시간도 많아지고 밀린 원고 빚도 대강 갚을 수 있게 되어 오히려 다행이다 싶었지만 산에 못 가게 된 것은 여간 아쉽지가 않았다. 여러 가지 불편을 각오하면서까지 서울의 아파트를 벗어나 이 골짜기로 이사를 온 것은 순전히 산 때문이었다. 아차산은 등산을 즐기는 사람들이 도전하고 싶을 만큼 높지도 험하지도 않다. 서울을 둘러싼 기품 있고 웅장한 명산과 비교할 때 더욱 그렇다. 그러나 나는 첫눈에 들었으니 아마 그 산세가 내 나이에 버겁지 않아 보였기 때문일 터이다.

다음으로는 사람들한테 시달린 흔적 없이 청정해 보이는 것도 마음에 들었다. 어느 정도 만만하게 본 거였는데 사귀고 보니 그 안에 백제 산성과 근래에 발굴된 고구려의 보루성 터 등 적지 않은 유적지를 숨기고 있어 단지 훼손이 덜 된 자연 이상의 것, 백제 고려인의 웅혼한 기상과 옹골찬 정신의 맥을 굽이굽이 품고 있는 것처럼 심상치 않아 보이는 것도 이 산을 더욱 사랑하게 된 까닭이 되리라.

능선에서 굽어보면 유유히 흐르는 한강이 마치 천연의 해자垓字처럼 보여 왜 백제와 고구려가 거기를 차지하고 요새를 구축하고 싶어했는지 알 것 같다. 그러나 지금은 새해에 해맞이 능선으로 더 유명하고 그나마도 서울 쪽에서 많이 오지 구리 쪽에서 가는 사람은 많지 않다.

우리 마을에서 오르는 길도 너덧 갈래가 되지만 내가 개발한 길은 일 년 내내 아무하고도 안 마주칠 정도로 사람들이 안 다

니는 길이다. 딴 길은 가다 보면 약수터도 나오고 배드민턴장이나 암자도 나오는데 내가 다니는 길은 볼거리 없는 그냥 산길이다. 그 대신 하루도 같은 날이 없는 나무와 풀들, 새들과 다람쥐들을 눈여겨보게 된다. 사람들이 안 다니는 길은 꽃나무들이 온전하고 온갖 새들이 거침없이 지저귄다.

혼자 걷는 게 좋은 것은 걷는 기쁨을 내 다리하고 오붓하게 나눌 수 있기 때문이다. 내 다리를 나하고 분리시켜 아주 친한 남처럼 여기면서 칠십 년 동안 실어 나르고도 아직도 정정하게 내가 가고 싶은 데 데려다주고 마치 나무의 뿌리처럼 땅과 나를 연결시켜주는 다리에게 감사하는 마음은 늘 내 가슴을 울렁거리게 한다.

매일매일 가슴이 울렁거릴 수 있다는 건 얼마나 큰 축복인가. 그러나 산이 나를 받아주지 않으면 이런 복을 어찌 누릴까. 눈 온 산이 아니더라도 산에는 평지와 다른 위험이 늘 도사리고 있다. 그래서 오늘도 이 노구老軀를 받아주소서, 산에 기도를 드리게 되는 것도 울렁거림과 함께 차분한 경건을 맛볼 수 있는 기회이다.

하루는 산에서 열쇠를 잃어버렸다. 오르는 길에 땀이 나서 재킷을 벗었는데 아마 그때 열쇠가 떨어진 듯했다. 집에 와서야 그 사실을 알았다. 워낙 문단속이 허술한 성격이라 현관문은 안 잠그고 대문만 잠갔는데 대문 또한 허술하여 밖에서 팔을 안으로 넣어 열 수 있게 되어 있어 집에 들어오는 데 지장은 없었다. 그래도 시간 걸리는 외출을 하려면 문단속을 안 할 수가 없겠기에 오던 길을 되짚어 가서 찬찬히 살펴보았지만 못 찾았다. 그 후 며칠은 산에 갈 때마다 발밑만 보고 걸어도 어디 꼭꼭 숨었는지 눈에 띄지 않았다. 자식들한테 준 스페어 열쇠를 회수해서 문단속을 제대로 하게 된 후 비로소 발밑을 살피는 일에서 해방이 되었다.

다시 한눈을 팔 수 있게 되었을 때 내 열쇠가 바로 길가 내 눈높이 나뭇가지에 걸려 있는 걸 발견했다. 누군가가 주워서 그렇게 눈에 잘 띄게 걸어놓았을 것이다. 그 산책길은 나 혼자만의 길이 아니었던 것이다. 그 길은 내가 낸 길도 아니었다. 본디부터 있던 오솔길이었으니 누군가가 낸 길이고 누군가가 현재도 다니고 있어서 그 길이 막히지 않고 온전한 것이다.

길은 사람의 다리가 낸 길이기도 하지만 누군가의 마음이 낸 길이기도 하다. 누군가 아주 친절한 사람들과 이 길을 공유하고 있고 소통하고 있다는 믿음 때문에 내가 그 길에서 느끼는 고독은 처절하지 않고 감미롭다.

할아버지의 웃음

　　　　　　　　　오래간만에 북으로 난 창을 열었다. 남으로 난 창은 겨울에도 실내공기가 탁해질 때마다 열고 환기를 시켰지만 북창을 연 지는 거의 반년 만이었다. 지난겨울의 추위는 유별났다. 볕 한 뼘 안 들고 북풍만 황소 떼처럼 들이닥치는 북창을 열 까닭이 없었다. 늦추위까지 길게 끌어 좀처럼 속살을 보이지 않던 목련 꽃봉오리가 요 며칠 봄볕이 도타워진 사이에 걷잡을 수 없이 벌어지기 시작했다. 눈부시게 도타워진 봄볕은 마당의 나무들의 딱딱한 꽃봉오리를 터뜨렸을 뿐 아니라 겨우내 방 안 창틀에 쌓인 먼지를 낱낱이 드러냈다.
　　아무리 하기 싫어도 대청소를 해야 할 판이었다. 우선 창틀

홈 속에 고인 먼지를 닦아내기 위해 창문을 연 거였는데 어디서 새가 지저귀는 듯한 소리가 들려왔다. 요새 우리 앞마당 살구나무엔 참새, 굴뚝새 따위 작은 새들이 한 떼씩 날아와 시끄럽게 수다를 떨다 가기 때문에 북창문 밖 골목 쪽에서 들리는 소리도 그런 소리처럼 들렸다. 창문 밖으로 고개를 빼고 소리 나는 쪽을 보니 꽃과 나비를 그린 노오란 유치원 버스가 서 있었고 차에서 내린 아이들이 뭐가 그렇게 즐거운지 까르르 자지러지게 웃고 있었다.

 문득 그 또래처럼 어리고 걱정 없었던 어린 시절 생각이 났다. 우리 집 사랑마당은 울타리 없이 동네를 향해 열려 있었다. 나는 곧잘 동무들을 불러 모아 흙장난이나 소꿉장난을 했다. 흙장난과 소꿉장난은 정확하게 구별 지을 수 있는 게 아니다. 흙을 가지고 땅따먹기나 '두껍아 두껍아 헌 집 줄게 새 집 다오'를 하다가 게딱지나 사금파리 같은 걸 줍게 되면 고운 흙은 밀가루, 굵은 흙은 쌀이 되어 소꿉장난이 되곤 했다.

 우리가 한참 시끄럽게 재잘대거나 깔깔대고 웃을 때면 할아버지는 사랑방 미닫이문을 열고 밖을 내다보시면서 호오, 고것들 꼭 참새 떼 같구나 하셨다. 내 동무들은 아무도 우리 할아버지를 무서워하지 않았다. 중풍으로 거동을 못하고 사랑에 앉아서 지내셨기 때문이기도 했지만 우리를 내다볼 때마다 얼굴 하나 가득 인자한 웃음을 띠고 있었기 때문이다. 나는 할아버지가 내 동무들을 싸잡아 참새 떼 같다고 하시는 걸 우리가 작아 보여서 그러시는 줄만 알고 있었다.

지금 나는 그때의 우리 할아버지보다 더 나이 든 노인이 되어 유치원 아이들의 드높은 웃음소리를 듣고 있다. 그리고 할아버지가 참새 떼에 비유한 건 우리의 올망졸망한 몸집이 아니라 웃음소리였을 거라고 고쳐 생각을 하고 있다. 중풍으로 반신불수가 되기 전까지 할아버지는 우리 마을에서 제일 대처 나들이가 잦은 분이었다. 할아버지는 사시사철 흰 두루마기만 입으셨다. 철마다 옷감은 바뀌었겠지만 그 철에 맞는 두루마기는 한 벌씩밖에 없었을 것이다. 게다가 옷타박이 심하신 분이었나 보다. 조금만 바느질이 마음에 안 들면 불호령이 떨어졌다.

할아버지보다 십여 년을 더 살다 돌아가신 할머니는 영감님 옷수발 들기가 얼마나 힘들었는지를 회고할 때마다 어찌나 훤한 안도의 미소가 떠오르는지 어린 마음에 할아버지가 돌아가시길 기다리고 있다가 그 해방감을 즐기시는 것만 같아 야속하고 슬펐던 생각이 난다.

텔레비전 사극 같은 데서 빨랫줄에 널린 빨래를 보면 저고리 바지 두루마기를 통째로 빨아 넌 것처럼 보이는데 그건 고증이 틀린 것이다. 여름에 입는 홑겹 옷 말고 안을 받치는 옷들은 솔기대로 조각조각 뜯어서 빨래를 하고 다림질, 다듬질 등 옷감에 맞는 손질을 해서 다시 바느질을 해야 했다. 그러니 어디 가서 흙탕물만 묻혀 와도 안 입고 벗어놓고 바느질이 조금만 마음에 안 들어도 타박하는 한량기 있는 할아버지 수발들기가 얼마나 어려웠겠는가.

할아버지 모시기를 힘들어하긴 할아버지의 며느리들, 그러니까 우리 엄마나 작은엄마들도 마찬가지였다. 할아버지는 아침잠이 없으셨다. 바깥출입하실 때는 가죽신을 신으셨지만 집 안에서는 나무를 깎아 만든 굽 높은 나막신을 신으셨다. 동도 트기 전에 할아버지의 큰기침 소리와 나막신 소리에 소스라쳐 깨어난 얘기를 가장 고된 시집살이처럼 회고하는 소리를 여러 번 들었다.

할아버지가 돌아가신 후에 그 나막신은 내 놀이기구가 되었다. 굽 높은 나막신은 너무 커서 신을 수는 없었지만 올라설 수는 있었다. 올라서면 키가 훌쩍 커서 갑자기 어른이 된 기분이었지만 한 발자국도 나아갈 순 없었다. 여름에도 솜버선을 신으셨던 할아버지 발에 맞게 홈을 파 만들었다고 해도 너무 컸다. 거룻배만 했다. 그 크기가 바로 할아버지의 과장된 거인스러움이 아니었을까.

우리 아버지나 삼촌들이 다들 작달막한 키였고 할아버지 닮아서 그렇다고 했으니 큰 분은 아니었다. 벼슬길에도 못 나가본 채 나라는 망했고 물려받은 조그만 땅뙈기 외에는 평생 돈을 벌어본 적도 없는 분이었다. 그런 분이 대가족을 통제하고 군림하는 방법은 순전히 허세밖에 없었을 것 같다. 다들 속으로는 할아버지를 우습게 보면서도 겉으로는 벌벌 떨게 만든 것은 기껏 옷타박, 음식 타박, 위협적인 나막신 소리, 그리고 식구들에게는 절대로 웃는 얼굴을 안 보이는 철저한 표정관리였다.

 엄마나 작은엄마들의 할아버지에 대한 공통의 추억은 웃는 얼굴을 못 봤다는 것이다. 그럼 할아버지는 나한테만 웃으셨을까. 대처로 나들이 갔다가 돌아오시는 할아버지를 동구 밖까지 마중 나가 두루마기 자락에 휩싸였을 때 번쩍 안아 올리면서 그 근엄한 표정이 허물어지듯이 얼굴 하나 가득 떠오른 웃음을 어찌 잊을까. 그렇게 출입이 잦던 분이 중풍으로 반신불수가 되어 사랑에서 누웠다 앉았다 하며 지내실 말년엔 가족들을 더욱 들볶으셨다. 게 누구 없느냐고 짜증스러운 고성으로 사람을 찾으실 때면 안채에 있던 식구들은 깜짝 놀라 일손을 놓고 마지못해 예에, 하며 종종걸음을 치곤 했다.

 억지로 꾸민 위엄이 아니라 저절로 우러난 울분과 비애로 노안이 굳을 대로 굳어졌을 때도 나만 보면 희미하게 웃으셨고 내 동무들이 아무리 시끄럽게 떠들어도 야단치지 않으셨다. 우리 식구 아무도 기억하지 못하는 할아버지의 웃음을 나는 기억하고 있다. 그건 할아버지가 나한테만 준 특별한 선물이다. 할아버지가 왜 나만 보면 웃으셨을까. 나는 그 수수께끼가 좋다. 그 무서운 할아버지도 나를 좋아했는데 누가 나를 싫어할까 싶은 이 세상에 대한 나의 친밀감과 믿음이 그 수수께끼의 해답이기 때문이다.

선택

낮에 잠깐 조는 게 꿀보다 달고 보약처럼 기운이 날 적이 있다. 피곤한 것하고는 다르게 쉬고 싶은 의식이 눈꺼풀을 내리누를 적이 있는데 그럴 때는 아무 데서나 잠깐 눈을 붙이고 본다. 외출 중이라도 구태여 참을 필요가 없는데 그래도 때와 장소는 가리게 된다. 긴요한 볼일을 보고 돌아오는 차 안에서 가장 졸린데 택시나 버스 안에서는 아무리 졸려도 잠이 안 온다.

졸린 것하고 잠이 오는 것하고는 다르다. 잠깐 졸기에는 전동차 안이 그만이다. 그 맛에 전철을 즐겨 이용하는지도 모르겠다. 달게 잠든 사이에 내릴 역을 지나친 적이 한 번도 없는 걸 보면, 그사이가 그야말로 깜빡할 사이밖에 안 되련만 기분이 씻은 듯 상쾌해진다는 건 고마운 일이다. 그러나 아무리 전철 안이라 해도 앉을 자리가 없으면 졸 수가 없다.

그날은 마침 세 사람이 앉을 수 있는 노약자석의 중간 자리가 비어 있었다. 마침 졸고 싶던 차였다. 노약자석이라지만 내 양쪽 자리는 젊은이들 차지였었다. 그들은 내가 앉기 전부터 핸드폰으로 통화를 하고 있었다. 오른쪽의 청년은 억센 지방 사투리로 소리 높여 다투고 있었다. 상대방이 여자고, 그녀 역시 격앙돼 있다는 걸 옆에서 느낄 수 있을 정도로 핸드폰 속의 목소리도 만만치 않았다.

왼편의 여자도 통화 중이었는데 조용조용 속삭였고, 상대방 음성도 들리지 않았지만 자기야, 라고 부르는 걸로 미루어 애인 아니면 남편일 듯싶었다. 오른쪽 남자는 위협과 회유를 번갈아가며 줄기차게 싸웠고, 왼쪽 여자의 통화는 소곤거리듯 조용하고 짧았지만 걸고 걸려오는 일이 반복됐다. 여자는 지금 어디까지 왔다는 걸 보고하면서 상대방과 시간을 정확하게 맞추려 들었고, 만나서 무얼 먹을까 따위를 상의하려 들었다.

그런 조바심은 상대방도 비슷한 것 같았다. 여자가 통화를 끝내고 잠잠해지면 곧 그로부터 전화가 걸려왔고, 그쪽에서 잠잠해질 새 없이 여자가 핸드폰을 두드렸다. 전동차 안은 서 있는 승객이 대여섯 명밖에 안 될 정도로 졸기에 아주 적당한 편안한 분위기였는데도 나는 졸기를 단념했다.

졸기는 틀렸지만 전동차 안을 관찰하기에는 좋은 분위기였다. 그날은 재수가 나빴는지 좋았는지 내 시야에 들어오는 젊은이들은 거지반 핸드폰으로 전화를 걸기도 하고 받기도 하고 있었다. 그래 그런지 핸드폰을 사용 안 하고 있는 이도 그걸 기다리고 있는 것처럼, 아직 그 기계가 없는 이라면 몹시 갈망하고 있는 것처럼 보였다.

그 모든 것이 종로 3가에서 광나루 역 사이에서 일어난 일이다. 전철에서 내리기 전에 나는 아직도 통화를 하고 있는 옆자리 청년을 한번 유심히 훑어보았다. 통화 내용과 어휘가 하도 저질스럽고도 단세포적이어서였다. 겉모양만 보아서는 그러나 이목구비가 수려하고 지적으로까지 보이는 젊은이였다. 저들이 막상 애인이나 아내나 친구를 만났을 때 어떤 얘기를 할까 잘 상상이 안 됐다. 할 얘기를 저렇게 다 말해버렸으니 만나면 할 게 육체적인 접촉밖에 더 있을까 싶은 점잖지 못한 생각도 들었다.

요새 젊은이들이 사귀는 풍속도엔 나를 질리게 한달까, 상상력을 고갈시키는 무엇인가가 있다. 내가 마지막으로 한번 멋진 연애소설을 써보고 싶어서 벼르면서도 안 되는 것 또한 세대 간의 이런 상상력의 단절 때문이 아닐까. 상상력이란 작가의 입장에서뿐 아니라 연애를 거는 당사자에게 있어서도 매우 중요한 정서적 과정이다. 약속시간에 약속한 장소에서 딱 만날 때도 좋지만, 몇십 분 늦어서 그동안 화를 내거나 도중에 무엇이 잘못됐나 애를 태우다 만나면 더욱 반갑고, 무슨 생각을 하며 어느 만큼 기다렸나를 통해 상대방의 인간성을 더 깊이 이해할 수도 있게 된다. 지금 어디까지 왔나 무슨 생각을 하고 있나까지 시시콜콜 미리 알아 가지고 만나서 무슨 재미가 있을까.

 어느 잡지에서 읽은 이야기인데, 지방에서 상경한 시인이 오랜만에 서울 사는 시인 친구를 만나고 싶어 전화를 했다. 서울 시인은 자기 직장과 가까운 동숭동의 마로니에에서 만나자고 장소와 시간 약속을 했다. 그리고 마로니에 다방에 나가 한 시간을 넘어 두 시간을 기다려도 지방 시인은 나타나지 않았다. 걱정도 되고 별 실없는 사람도 다 있다는 생각도 하면서 다방을 나와 보니 지방 시인은 다방 앞 마로니에 나무 아래 서 있었다. 서울 시인은 마로니에 다방을 말했는데 지방 시인은 마로니에 나무로 알아들은 것이다. 그럴 때 두 사람이 핸드폰을 가지고 있었다면 그런 일은 일어나지 않았을 것이라고, 두 시간 동안의 그들의 미련한 기다림을 단지 동정할 수도 있으리라. 그러나 나는 그 얘기가 옛날얘기 같아서 좋다. 아직도 옛날얘기를 들려줄 수 있는 이들이 남아 있어서 그래도 이 세상이 살맛 난다고까지 여기고 있다.

그렇다고 눈부시게 돌아가는, 할 일도 많은 이 세상에서 핸드폰의 쓸모를 부정적으로만 보려는 건 아니다. 근래에 어떤 출판사 사장 차로 일박이일의 짧은 여행을 한 적이 있는데 신기하게도 핸드폰 하나로 차 안이 출판사 편집실로 변하는 것이었다. 핸드폰이 없었다면 그 바쁜 사장이 평일에 시골바람을 쐬는 일은 불가능했으리라. 그러나 업무상 그럴 필요가 없는 직장인이나 학생, 주부들은 그것을 장만하고는 사방 군데다 전화를 걸어 나 핸드폰 샀으니 좀 터뜨려달라고 부탁을 한다.

이윤 추구가 지상의 목적인 정보산업의 홍보 전략은 그것이 없으면 연애도 못하고 시대에도 뒤떨어질 것처럼 우리를 세뇌시키고 있지만, 정말 시대를 앞서가려면 이성적 판단을 흐리게 하는 대기업의 홍보 전략에 현혹되기 이전에 올바른 정신으로 자신의 선택권을 확보하는 일이 중요하다. 적극적으로 반대하는 입장에 선다고 해도 어차피 신속한 정보통신화 시대로 흐르고 말 것이지만 말이다. 물의 흐름도 수많은 들과 굴곡을 만남으로써 속도가 조절되듯이 우리의 발전도 반대나 회의하는 입장이 있음으로써 비로소 곤두박질을 면하고 균형을 잡을 수 있는 게 아닐까.

책에 굶주렸던 시절의 행복

내가 중고등학교 시절에 본 소설치고 밤새워 읽지 않은 건 없다. 집에 교과서 외에 책이 없었고 소설책을 사 본다는 건 상상도 할 수 없는 형편이어서 거의 다 빌려서 봤기 때문이다. 대본소가 있었던 것도 아니고 반에서 누가 읽을 만한 책을 가져오면 너도나도 빼앗듯이 빌려 보려 했기 때문에 우리끼리 순서를 정했다. 그때 우리 사이에서 가장 인기 있는 소설책은 일본의 기쿠치 간이라는 통속작가가 쓴 연애소설이었다. 누가 '기쿠치' 거 가져왔다고 하면 제목 같은 건 물을 필요도 없이 빨리 얻어 보고 싶어 안달을 하곤 했다.

성교육이 따로 없었을 때라 내가 아는 성적 지식은 거의가 일본 통속소설에서 암시받은 거라 해도 과언이 아니다. 학년이 올라가면서 그 수준을 벗어나 문학전집 같은 걸 끼고 다니는 제법 티 내는 문학소녀 그룹이 따로 생겼을 때도 빌려 봐야 하는 내 사정은 별로 나아지지 않았다. 책 주인이나 내 다음 차례한테 독촉을 안 당하려면 하루 이틀 사이에 후딱 읽어버리는 게 수였다. 또 하룻밤 사이에 책 한 권쯤은 읽을 수 있다는 속독 능력을 과시하고픈 이상한 허영심 같은 것도 있었다. 그럼에도 불구하고 밤새워 읽은 책, 하면 제일 먼저 에밀리 브론테의 『폭풍의 언덕』이 떠오른다.

고등학교 졸업반 무렵이었다. 문학에 대한 채워지지 않는 갈증에 시달릴 때였다. 그때는 나도 신조사에서 나온 38권짜리 세계문학전집을 가지고 있을 때였다. 그것 한 질만 있으면 원이 없을 줄 알았는데, 재미없는 것 몇 권 빼고 후딱 다 읽어 치웠는데도 책에 걸신들린 것 같은 허기증은 나아지지 않았다. 그 무렵이었을 것이다. 내 앞에 앉은 애가 수업시간에 몰래 『폭풍의 언덕』을 무릎 위에 얹어놓고 읽는 것을 보았다. 오빠가 문학청년이어서 집에 책이 많은 애였다. 그 책도 오빠 것인데 한번 보기 시작하니 멈출 수가 없어서 학교까지 가져왔다고 했다.

나는 문학전집 안에 포함된 『제인 에어』를 읽은 뒤였기 때

문에 『폭풍의 언덕』의 저자에 대한 사전 지식이 있는 셈이었다. 즉각 빌려달라고 애걸했고 그 애가 다 보고 나서 빌려준 게 하필 시험 때였다. 오빠 책을 몰래 빌려주는 거니까 하루만 보고 돌려달라고 했다. 나는 시험이고 뭐고 될 대로 돼라는 심정으로 그날 밤을 꼬박 새워가며 그 책을 다 읽었다.

 다음 날 시험을 망친 것은 물론이고 읽는 동안도 그 친구가 시험을 망치라고 일부러 시험 날을 골라서 빌려주었을지도 모른다는 고약한 의구심 때문에 괴로워하면서 읽은 생각이 난다. 그럴 리가 없는 착한 친구였다. 또 요새처럼 급우들끼리의 경쟁이 그렇게 지능적이고 악랄할 때도 아니었다. 소설책에 빠져 시험공부를 포기한 자신이 하도 한심해서 누구 탓이라도 하고 싶었던 것 같다. 대충 읽고 시험공부도 좀 해야지 하는 생각이 아주 없었던 건 아닌데도 나는 밤새도록 그 책의 집요한 흡입력에서 못 벗어났다. 그 흡입력이 그렇게 끈적끈적했던 것은 아마 책의 재미와 함께 남을 의심하는 어두운 마음 때문이었을지도 모르겠다.

 90년대 초 영국에서 석 달가량 머문 적이 있는데 그 기회에 브론테 가의 묘지와 생가가 보존돼 있는 요크셔 지방의 하워드 마을을 여행하게 되었다. 속칭 무어moor지방이라고 부르는 황량한 고장은 7월인데도 두툼한 스웨터를 껴입어야 할 정도로 기온이 낮았으나 『폭풍의 언덕』의 엔셔 가의 아이들이 뛰어놀았을 것 같은 분위기를 그대로 간직하고 있었다.

그러나 브론테 기념관으로 올라가는 길은 샬롯, 에밀리 그리고 앤 등 브론테 가의 천재적인, 그러나 박명한 자매들을 온갖 방법으로 상품화한 기념품 가게, 식당 등이 번창하고 있었다. 자매의 이름이나 초상이 새겨진 스푼이나 냅킨은 기본이고, 음식도 브론테 핫도그, 브론테 파이 하는 식이었다. 그렇게 알뜰하게 옭아먹으면서도 상가가 천박하지 않은 일정한 격조를 유지하고 있는 게 신기했다. 오랫동안 쌓인 연륜의 덕이라 해도 그만큼 장사가 된다는 소리고, 장사꾼들의 단순한 돈벌이가 아니라 문화 사업이라도 하고 있는 것 같은 긍지를 가지고 있기 때문이 아닌가 싶었다. 숙소도 방문이 우리의 옛날 대문같이 생긴 불편한 집이었지만 브론테 가가 언덕 위 목사관에 살 때부터 있던 집이라는 걸 자랑스러워했다.

밤새도록 비도 뿌리고 바람도 불었다. 황무지를 거침없이 횡행하고 나서 덧문을 흔드는 바람 소리에는 짐승의 울부짖음 같은 동물적인 게 섞여 있어 창문만 열면 히스클리프와 캐서린의 긴 그림자를 볼 수 있을 것 같았다. 빌어먹을, 그들은 왜 그렇게 영원한가. 나는 잠을 잘 못 이루고 뒤척거렸다.

책 한 권도 자유롭게 사 볼 수 없었던 소녀 시절 시험공부를 희생하고까지 빌려온 『폭풍의 언덕』을 읽으면서 내 생전에 그 Wuthering Heights의 현장에 이르게 될 줄을 어찌 꿈이나 꾸었을까. 『폭풍의 언덕』을 읽고 나서 얼마 안 되어 영어 선생님으로부터 브론테 자매의 문학을 연구한 원서를 빌려 본 적이 있는데, 원서를 읽을 실력이 있었던 것은 아니고 화보 때문이었다. 무어지방과 목사관 주변의 사진만 보고도 가슴이 울렁거렸었다. 그러나 나는 지금 공간뿐 아니라 시간까지 거스른 것처럼 그 시대가 고스란히 정지돼 있는, 그 동네에 와 있는 것이다. 가슴 설레는 동경 없이. 그래서 지금 행복한가? 나는 나에게 물었고, 동경 없이 어떻게 행복할 수 있겠느냐고 대답하고 있었다. 나는 내가 너무 늙었고 아무 데나 헤집고 돌아다니기 좋아하는 한국사람에 불과하다는 게 한없이 초라하게 느껴졌다.

아침에 일어나 무쇠장식이 투박한 덧문을 열고 창밖을 보니 주차장에서 사람들이 차 트렁크를 열고 두툼한 점퍼를 덧입고, 신발도 등산화로 갈아 신고 있었다. 워더링 하이츠를 한 바퀴 도는 관광코스로 떠나는 사람들이었다. 관광지도를 보니 도중에 아무런 편의시설이 없는 순전한 황무지였고 상당히 오랜 시간을 요하는 긴 길이었지만 차량의 통행은 금지돼 있었다. 전혀 손대지 않은 태곳적 같은 황무지도 이런 세심한 보존의 결과였던 것이다.

 나는 황무지 체험을 위해 아이들까지 데리고 떠나는 몇몇 가족을 식당 창문으로 물끄러미 내다만 보고 따라갈 엄두를 내진 않았다. 갈 길이 바쁘다는 한국사람 특유의 조급증도 있었지만 그렇게까지 열심히 브론테 자매의 문학을 사랑하고 싶지 않아서이기도 했다. 그들이 체험하고자 하는 게 단지 히드밖에 못 자라는 황무지가 아니라 자유분방한 캐서린과 집념 깊은 히스클리프의 악령이 씌운 것 같은 운명적인 사랑의 자취일 테니까. 브론테 자매의 문학이 뭐 그리 대단하다고 저렇게 허풍을 떠나, 약간은 아니꼽게 보인 것도 아마 변방의 언어를 모국어로 가진 작가의 꼬인 마음에서였을 것이다.

 무어 답사는 안 갔지만 기념관에 안 들를 순 없었다. 어디 갔다 왔네, 하는 사진이나 기념엽서 한두 장쯤은 남기고 싶은 것 또한 못 말리는 촌뜨기 근성이었으므로. 옛날 그대로의 교회 묘지와 목사관에도 줄서서 들어가야 할 만큼 관광객으로 붐비고 있었다. 오지라 그런지 거의 내국인들이어서 관광을 하는 게 아니라 순례를 하고 있는 것처럼 보이는 것도 인상적이었다. 브론테 자매들의 초상화는 별로 예쁜 것 같지는 않지만 민감하고 선병질적으로 보이는데 다들 결핵으로 요절했다는 것도 그 지방의 가혹한 기후조건과 19세기 중엽 유럽의 의

학수준을 짐작하게 했다.

　기념관 매장에서 자매들의 저서를 초등학생부터 중고등학생 수준까지 몇 단계로 나누어 요약을 해놓고 파는 것도 인상적이었다. 나는 1800단어 내에서 요약해놓은 제일 수준 낮은 『폭풍의 언덕』을 한 권 샀다. 그 정도의 단어도 내 수준에는 넘쳐 대충 읽었는데도 꽤 시간이 걸렸다. 다 읽고 나서 이상한 기분이 들었다. 내가 소녀 적에 밤새워 읽은 것은 일본말로 완역된 거였다. 이건 영어이긴 해도 대강의 줄거리만 아주 쉽게 단순화시켜놓은 그림책이었다. 이를테면 피와 살을 다 떼버리고 뼈대만 남은 거였다.

　나는 이 소설에서 아무리 다 털어내도 사랑의 집념만은 남아 있을 줄 알았다. 그러나 이 어린이용 동화책에서 내가 발견한 건 그 무렵 영국사회의 관습과 상속법, 그리고 뿌리 없는 젊은이가 상류사회에 뿌리내리기 위한 용의주도한 계략과 재산과 신분에 대한 집념이었다. 히스클리프를 움직인 원동력이 지독한 사랑이 아니라 돈과 복수심으로 읽힌 것은 내 나이 탓이었을까. 아니면 소녀 적의 독서가 오독이나 착시였을까.

나의 환상적 피서법

　　　　　　우리의 옛 속담에 여름엔 첩妾 팔아 부채
산다는 말이 있다. 첩이란 이 세상에서 가장 가까운 사이로 치
는 부부관계보다 피부적으로는 더 가깝고 살뜰한 사이다. 법
이나 윤리에 맞서 오로지 정만으로 맺어진 사이이기 때문에
본처로서는 그 떼어놓기 어려움의 절망감이 각별했을 것이다.
여북해야 시앗을 보면 돌부처도 돌아앉는다고 했겠는가. 그렇
게 끼고돌던 첩을 팔아서 부채를 산다는 말 속에는 우리나라
삼복더위의 견디기 어려움뿐 아니라 간단한 피서법 같은 게
들어 있다. 줄곧 끼고돌던 내 새끼도 품에서 뚝 떼어놓고 싶
고, 옹기종기 붙어살던 식구들도 귀찮아지는 게 여름이다.

내가 어릴 때는 바캉스란 말이 있지도 않았지만 여름과 겨울 방학을 조부모님이 기다리고 계신 시골집에서 보낼 수 있었다. 방학할 때마다 고향 가는 열차를 타면서 가장 기분 좋았던 것은 방학이 돼도 서울에서 복닥거려야 하는 순 서울내기들은 무슨 맛으로 살까 하는 일종의 우월감이었다.

우리 시골은 기차에서 내려서도 이십 리나 걸어 들어가야 하는 두메산골이었다. 그러나 나는 아직까지 우리 고향 가는 길처럼 산과 들과 시냇물이 아름답게 조화된 순결한 자연을 본 적이 없다. 고개를 넘다 지칠 만한 지점엔 반드시 차갑고 단 석간수가 흐르고 있었고, 고개를 다 넘으면 어김없이 넓은 들이 펼쳐지고 들판을 적시는 시냇물은 맑고 투명했다. 농부들이 섬기듯이 정성스럽게 돌본 논은 여름방학 무렵이면 그 푸르름이 절정에 달해 깊은 윤기가 자르르 흘렀고 지천으로 핀 농로農路의 하얀 개망초꽃과 형언할 수 없이 아름다운 조화를 이루었다.

마침내 도시의 혼잡을 벗어나 자연의 일부가 되었구나 싶은 감격과 안도감, 그리고 평화와 휴식의 예감으로 나의 여름방학은 시작됐다. 내가 어렸을 때만 해도 서울의 인구가 지금의 십분의 일도 안 될 때였는데도 나는 집과 사람들이 어떻게 이렇게 다닥다닥 붙어살 수가 있을까, 그게 하도 낯설고 지겨워서 늘 향수에 시달려야 했다. 여름 겨울 두 차례의 귀향이 없었다면 내 어린 날은 얼마나 삭막했을까. 아마도 지금쯤 추억이 없는 불쌍한 노인이 되어 있을 것이다.

결혼을 할 무렵 휴전이 되어 우리 고향 개성은 휴전선 이북 땅이 되었다. 게다가 시댁은 서울 토박이 집안이었다. 나는 아이를 다섯이나 낳았는데도 여름만 되면 그 아이들을 다 끌고 단 며칠이라도 시골서 보내는 걸 한 해도 거르지 않았다. 비록 귀향할 시골집은 없어도 도시의 밀집 상태를 면하고 자연 속에서 누리는 고독과 평화의 맛을 보게 하고 싶었다.

아이들이 커가는 속도와 우리나라 경제성장의 속도는 보조가 잘 맞았던지 아이들이 어른의 동행을 더 이상 원치 않을 만큼 컸을 때부터 바캉스 붐이 일기 시작해, 여름이면 도시보다 휴양지가 더 붐비게 되었다. 각 급 학교에 따라, 연령에 따라, 안심하고 딸려 보낼 수 있는 캠핑 농활 등도 다양해졌다. 그때부터 나는 여름이면 아이들을 풀어주기 시작했다. 서울이라는 이 숨 막히는 밀집 상태로부터 아이들을 풀어주는 것도 중요하지만 나 또한 아이들로부터 놓여나고 싶었다. 가족이라는 끈끈한 밀착에서 해방되는 거야말로 나의 중년의 환상적 피서법이었다.

이제 그 아이들이 다들 사십대 전후의 중년이 되었으니 그렇게 한 지 이십 년도 넘을 것이다. 물론 놓아주기만 한 것은 아니다. 결속을 다지는 의미의 가족여행도 일 년에 한두 번씩은 했다. 그러나 여름은 아니다. 가족끼리 여행하려면 봄도 좋고 가을은 더 좋고 겨울도 그만이다. 하필 여름에 붙어 다닐 게 뭐 있겠는가. 사람에 치일 것 같은 데는 아무리 수려한 명승지도 시원한 바닷가도 여름에는 우선 피하고 볼 일이다.

우리나라의 삼복더위는 아무리 가까운 사람의 체온도 문득 견디기 어렵게 할 만큼 지독하게 끈끈하다. 여름엔 우선 붙어 살던 인간관계를 바람이 통하도록 성기게 해볼 일이다. 여름에 혼자 집에 남아 있어보라. 에어컨이나 선풍기 없이도 집이 얼마나 시원한가. 이웃집에서도 인기척이 들리지 않을 때 약간은 고독할 것이다. 그러나 고독처럼 산뜻하고 청량한 냉기는 없다는 것을 곧 온몸으로 느끼게 될 것이다.

금년 가을부터 금강산 관광이 자유로워지리라고 한다. 벌써부터 신청이 쇄도하고 있다니 내년 여름휴가는 금강산으로 가려고 벼르는 이도 많을 줄 안다. 나이 든 실향민 중에 유난히 금강산 관광에 흥분하는 분이 많은 걸 보면 금강산을 못 보고 죽으면 한이 된다고 생각해서라기보다는, 죽기 전에 북쪽 땅 한번 밟아볼 기회를 놓치면 한이 될 것 같은 건 있는 모양이다. 나도 그런 정서에 공감하는 나이 든 실향민이지만 그렇게 떠들썩하고 집단적인 귀향은 내 식이 아니다 싶다.

단순한 관광이라 해도 사람들이 많이 모일 것 같은 초기의 북새통은 피하고 싶다. 여럿이 붙어 다녀야 하는 단체 여행도 지겨운데 더군다나 일탈은 꿈도 못 꿀 엄한 통제를 받아야 한다는 건 생각만 해도 답답해진다. 자유와 고독의 예감 없는 여행은 아무리 금강산이라 해도 그다지 매력적이지 않다. 내 식이 아니다 싶다.

천국과 지옥

　　　　　　여름방학이 되면 지방에 사는 딸애가 아이들을 데리고 친정에 오는 것이 연례행사가 되어버렸다. 예전에도 그랬지만 나이가 들수록 더욱더 여름엔 밖에 나가지 않는 것이 나의 소극적인 피서법이기도 하고 학기 중엔 애들 학교 보내느라 제대로 친정 나들이도 못하는 딸에게 잠깐 동안이라도 육아의 어려움으로부터 벗어나게 해주고픈 마음에 피서 계획은 애초부터 세우지 않는다.

　올여름도 외갓집에 놀러온 아이들의 설레는 소리가 가득 찼다. 나도 모처럼 외손주들과 놀 생각에 마음이 들떴다. 그런데 하룻밤을 자고 나니 어디를 데려갈까 걱정부터 된다. 롯데월드로 갈까 아쿠아리움으로 갈까 테크노마트로 갈까 영화를 보러 갈까 서로들 의견이 엇갈리며 선택이 쉽지 않다. 외손주들이 오면 냇가에서 송사리도 잡고 잠자리도 같이 잡아보는 그림을 그리며 근교의 시골로 이사를 왔건만 나의 작은 꿈은 아무래도 너무 시대에 뒤떨어졌나 보다. 아이들에게는 가까운 서울 나들이가, 그것도 첨단의 놀이시설과 쇼핑몰에 더 마음이 가는 모양이다.

나도 아이들 마음이 되어야지 하는 의무감에다 기대감이 생긴다. 그래서 하루는 아이들을 데리고 대형 놀이시설에 갔다. 아이들은 빨려 들어가듯이 요란한 소리와 번쩍이는 형광색의 게임룸으로 내 손을 이끈다. 나는 이미 소리 때문에 신경이 마비되어버리는 듯하다. 게다가 아이들을 미아로 만들어버릴까 봐 조마조마하다. 이름을 불러도 들릴 것 같지 않고 게임 기계 뒤로 숨어버리면 영원히 찾아질 것 같지가 않다.

아이는 먼저 돈부터 바꿔야 한다며 동전 바꾸는 기계를 찾는다. 주머니 불룩하게 백 원짜리와 오백 원짜리를 채워준다. 촘촘히 세워진 기계들은 모두 돈을 먹어야 작동이 된다. 당연한 거지만 나에게는 그 기계들이 돈 잡아먹는 괴물처럼 보이기 시작한다. 그러나 아이는 기계 앞에 앉아 찰가닥 돈이 들어가는 소리가 나면서 기계가 작동되니까 신바람이 나는가 보다.

경주용 자동차가 초고속으로 달려가는데 나는 그 속도감에 현기증이 난다. 그 속도감은 계속 동전을 넣어주어야 유지된다.

아이는 불룩한 주머니에 든 동전이 바닥이 나는 것도 모르는 채 기계 사이를 누비고 나는 아이를 잃어버릴까 두려운 마음뿐이다. 총을 잔인하게 쏘아대는 전쟁놀이 게임은 총이 쏘아질 때마다 붉은 피가 튀기는 듯한 화면이 나에게는 섬뜩하다. 게임 속에서 얼마나 많은 사람을 쏘아 죽였으며 얼마나 많은 차가 초고속으로 달리다가 전복되었는지 모른다. 그리고 찢어지는 듯한 소음은 뇌세포를 파괴시킬 것 같다. 아이가 세 번씩이나 동전을 바꿔달라고 할 때 내 손자지만 낯선 외계에서 온 새로운 인류를 보는 느낌이 들었다. 나는 이 지옥과도 같은 공간에서 아이를 데리고 나오고 싶어 거의 애걸을 하다시피 해서 그 공간을 벗어난다.

밖에는 아이스크림과 햄버거와 얼음을 갈아 물들인 것들이 아이들을 현혹한다. 먹어도 목이 더 마르고 돌아서면 또 먹고 싶은 요즘 먹을거리들. 도대체 자연에서 가져온 재료가 아닌 것 같은, 첨단의 기계 속에서 제조된 것 같은 먹을거리들은 아이들에게 몸의 양식이 될 것 같지가 않다.

건물 안은 거짓말처럼 시원하지만 밖은 견딜 수 없는 열기로 가득 차 있다. 하루라도 딸애에게 육아의 어려움을 덜어주려고 나온 손주들과의 나들이는 무슨 극기 훈련을 갔다 온 기분이다. 누군가 부모라는 직업은 3D업종이라고 했던 말이 생각난다. 우리가 아이들 기를 때만 해도 우이동 계곡에 수박이나 채워놓고 발이라도 담그게 해주면 여름을 났건만 옛날 말을 해 무엇하겠는가.

집에 오니 나는 천국에 온 것 같은데 아이들은 뭔가 미진한 모양이다. 그래도 기력이 딸리는 지친 표정의 할머니가 저희 눈에도 안쓰럽던지 해질 무렵이 되자 냇가에 나가보자는 내 요구에 순순히 따라온다. 나는 아이들 손을 잡고 계곡을 따라 올라간다. 지옥에서 천국에 온 기분이다. 작은 계곡은 주말에 온 행락객들이 버리고 간 쓰레기들이 널려 있건만 어제 온 비로 냇물이 소리를 내며 바위 사이로 흘러내리는 것이 고마울 뿐이다. 나는 아이들에게 쓰레기를 치우고 놀자고 제안하고 아이들은 "할머니 이런 게 자연보호 운동이지요." 하고 으스대며 쓰레기를 줍는다. 얼마나 사랑스러운 아이들인가.

주변을 치우니 정말 천국과 같다. 넓은 바위 위에 앉아 아이들이 냇물에서 옷을 적시며 노는 소리를 들으니 아무리 들어도 싫증이 나지 않고 머리가 맑아진다. 해는 저물고 산에서는 시원한 바람이 불어오고 새들은 숲속 집을 찾아 들어가는데 어디선가 거룩한 노랫소리가 들리는 듯하다.

내가 본 가장 아름다운 결혼식

　　　　　내 여학교 동창 중 아들을 아주 잘 기른 엄마로 소문난 이가 있었다. 우리가 자식 기를 때만 해도 중학교까지 시험 쳐서 들어갈 때였다. 그 입시 경쟁의 치열함이 지금의 대학 보내는 것보다 더 어려우면 어려웠지 조금도 수월하지 않았다. 자식을 소문나게 잘 길렀다는 건 부모 걱정시키지 않고 중학교부터 대학까지 명문으로만 척척 들어가주었다는 소리에 다름 아니었다. 아들만 둘인데 두 아들이 다 그러했으니 부러워할 만했다. 대학을 졸업하고 병역의 의무까지 치른 아들들은 차례로 미국으로 유럽으로 유학길을 떠났다.

　더는 그 친구를 부러워할 일도 없이 몇 년의 시간이 흘렀다.

큰아들이 먼저 박사학위를 받고 미국의 유수한 대학에서 포스트닥으로 있은 지 이 년 만에 국내의 유수한 대학에 자리가 나서 귀국했다는 소식을 들은 지 일 년도 안 돼 결혼 청첩장이 날아왔다. 그 전에 신붓감이 명문가의 규수란 소문이 돌았기 때문에 결혼식도 굉장한 데서 올릴 줄 알았는데 그렇지도 않은 것 같았다. 교외의 개인 집 마당인데 개별적으로 찾아가긴 어려울 테니 전세버스를 이용해달라고, 예식장 위치 대신 버스 타는 장소가 나와 있었다. 그러나 넓은 전원주택의 호사스러운 정원이려니 하는 기대는 아직 남아 있었다.

고가古家의 담도 없는 넓은 마당이었지만 운치는 있을지 몰라도 호사스럽지는 않았다. 신랑 친척어른이 지키고 있는 종가 댁인데 마당이 특별해서가 아니라, 그곳의 자연을 좋아하는 신랑의 마음을 읽고 신부가 그런 안을 냈고, 바로 이웃에는 또 다른 친척이 맛깔스럽기로 소문난 국밥집을 하고 있어 거기서 몇 가지 잔치음식을 보태 손님 대접을 해주겠다고 자청했기에 자연스럽게 그 마당에서 잔치를 하게 되었노라고 했다. 그 모든 수수한 마음씨들이 어우러진 혼인잔치는 조촐하고 흥겨웠다.

그러나 그중 가장 보기 좋았던 것은 주례 선생님이었다. 주례라도 그 촌스러운 분위기를 휘황하게 빛내줄 저명인사를 모실

줄 알았는데 마음씨 좋아 보이는 보통 아저씨였다. 신랑의 초등학교 적 담임 선생님이셨다고 했다. 초등학교 육 년 동안 같은 분이 담임을 맡았을 리는 없고 아마 신랑에게 가장 영향을 많이 끼친 선생님이셨을 것이다.

그분은 주례를 많이 서보진 않은 듯 신랑 신부의 가문, 학력, 학위 등을 나열하는 의례적인 순서는 아예 빼먹고 신랑이 무척이나 개구쟁이였다는 어릴 적 얘기만 했다. 그러나 정직하여 자기 잘못을 남에게 미루는 법이 없었고, 속이 깊어 궂은일을 마다하지 않았다는, 이런저런 일화를 신이 나서 나열하며 선생님의 동안童顔은 연방 함박꽃처럼 벌어졌다. 하객들 또한 벙글벙글 입을 다물지 못했다. 아마 누구보다도 즐거운 것은 신부의 부모가 아니었을까.

한 사람의 인격이 형성될 중요한 시기에 누가 사랑을 주고 영향을 미쳤는지처럼 중요한 것은 없다. 그런 시기를 사랑으로 지켜본 선생님의 증언에다 대면 명문학교나 박사학위는 껍데기에 불과한 것이 아닐까. 자신을 가장 잘 아는, 결과적으로는 가장 돋보이게 할 분을 주례로 모신 이 속 깊은 신랑이 선생님을 업고 식장을 한 바퀴 도는 것으로 이 아름다운 혼인잔치의 흥은 절정에 달했다.

내가 너의 이름을 불러주었을 때

직업상 얼굴 없는 대화를 나눌 기회가 많다. 전화로 원고 청탁이나 강연 요청을 받을 경우 목소리만 듣고도 상대방의 연령이 점점 젊어지고 있는 듯이 느끼는 것은 아마 내 나이 탓도 있지만, 존댓말을 헷갈리게 쓰는 때문도 있는 것 같다. 우리말의 복잡다단한 존칭 체계가 좀 단순화돼야 하지 않을까 생각하게 되는 것도 그런 대화를 통해 요즘 젊은이들이 존칭 때문에 얼마나 혼란을 겪고 있는지 생생하게 느껴져서이다.

이삼십대의 기자가 나를 부를 때 성명에다 선생님 정도를 붙이는 게 가장 무난하다고 생각하지만 굳이 교수님이라고 부르기도 하고, 단지 씨 자만 붙이기도 한다. 나는 한 번도 대학에 강의 나간 적이 없다고 해도 막무가내로 교수님이라고 부를 때는 아부를 좋아하는 사람 같아 호감이 안 간다. 전에는 씨 자만 달랑 붙이는 걸 좀 무례하다고 생각했는데 교수님보다는 오히려 편하다. 고유명사에다 씨 자만 붙이면 존댓말로 충분하다고 생각한다. '고맙습니다'라고 하지 않고 '고마워요' 하는 것도 전에는 귀에 거슬렸는데 '요' 자만 붙여도 존댓말로 쳐줘야 하지 않을까 눙쳐서 생각하기로 했다. 그러나 '박완서 씨 고마워요' 하는 정도밖에 존댓말을 못 쓰는 젊은이도 내가 그쪽 성명을 물어보면 김철수라고 말하지 않고 '김' 자 '철' 자 '수' 자입니다, 라고 말한다. 그러다가는 제 자식 이름도 우리 아기는 '나' 자 '리' 자입니다, 라고 말하게 될지도 모르겠다.

남 앞에서 웃어른 이름을 함부로 부르는 것을 무엄하다 하여 꼭 성함을 밝혀야 할 경우 한 자 한 자 '자' 자를 붙여 부르게 한 게 점잖은 댁의 자녀교육이었다고는 하나 요즘 세상에는 안 그래도 크게 책잡힐 것 없다고 생각한다. 더군다나 자신의 이름은, 꼭 한자로 무슨 자인가를 밝혀야 할 경우가 아니라면 그런 식으로 말할 필요가 전혀 없는데도 끙끙대며 그렇게 말하는 젊은이를 보면 안쓰럽다.

아무리 좋은 것도 지나치게 복잡하면 기본 정신보다는 쓸데없는 것부터 익히게 되는 것 같다. 손자가 할아버지한테 '이 신발 엄마께서 사주신 거야'라고 말한다면 고쳐줘야 할 틀린 어법인데 요새는 텔레비전에 나와 재롱부리는 똑똑한 어린이까지 '엄마께서', '아빠께서'라고 말하니까 '께서' 대신 '가'를 쓰는 어린이는 가정교육이 덜 된 어린이처럼 보이기까지 한다.

존댓말의 기본은 자기를 낮추고 상대방을 높이는 데 있기 때문에 대등한 관계에서는 별로 문제될 게 없을 텐데 가장 대등한 관계인 부부간의 호칭이 오히려 가장 사람을 헷갈리게 하는 건 무슨 일인지 모르겠다. 서로 어떻게 불러야 할지 몰라 고민하는 신혼부부에게 여보 당신이란 좋은 말이 있는데 무슨 걱정이냐고 했더니 꺅 소리를 지르며 닭살이 돋을 것 같단다. '여보' '당신'이 좀 드라이하긴 해도 닭살이 돋게 징그러울 건 또 뭔지 잘 이해가 안 된다. 나야말로 닭살이 돋는 것은 요즘 새댁들이 남편을 오빠라고 부르는 걸 들을 때이다. 스타에게 열광하던 오빠부대일 적의 환상을 내 남자에게 전이시키고 싶은 소녀취미는 연애기간에 대충 졸업해야 하지 않을까?

결혼은 그 어느 누구와 바꿔치기할 수도 없고, 착각해서도 안 되는 유일한 남자와 여자와의 만남인 동시에 양가의 가족이란 그물 안에 편입하는 일이기도 하다. 이성인 남편을 가장 가까운 근친에 대한 호칭을 써서 부른다는 건 망측스럽기도 하거니와 기존의 조화로운 관계망을 혼란시키는 일이기도 하다. 설사 여자에게 오빠가 없다고 해도 장차 아들도 낳고 딸도 낳게 될 것이 아닌가. 여보 당신이 싫으면 서로 이름을 부르자. 이름은 자신을 존재케 한 부모로부터 받은 사랑과 꿈이 담긴 선물이고, 자신이 남과 다른 고유한 존재라는 걸 인식하게 한 최초의 울림이고, 자신이 지닌 것 중 가장 오래된 것이고, 무엇보다도 부르라고 지어준 것이다.

집착이 괴로움을 낳고 마음의 병이 된다는 것은
그 집착하는 바가 비록 새우젓 꽁다리 같은 하찮은 거라 해도 변함없는 진리가 아닐까.

3 이제야 보이기 시작하는 것들

이제야 보이기 시작하는 것들

　　　　　　길을 떠나면 되돌아와야 한다. 길 떠날 때는 즐겁고 신이 나지만 돌아올 때는 초조하고 스산하다. 명절 때 귀향길보다는 귀경길이 더 정체가 심하고 사고가 많이 나는 것도 이런 조바심 때문일 듯싶다. 떠난 길을 되돌아오려면 U턴 지점이 있게 마련이다. 그 지점은 길 위일 수도 있지만 고향집이나 유원지나 명승지일 수도 있다. 우리 인생행로에도 U턴 지점 같은 게 있는 것 같다. 사십대까지 앞만 보고 살았다. 가구나 가전제품만 해도 우리 집에 그게 정말 필요한가보다는 남들도 다들 그런 것들을 가졌다는 이유 하나만으로도 충분히 장만할 이유가 되었다.

물건만이 아니라 먹는 것까지도 그랬다. 요리책을 참고로 식단을 짜고 아침에는 밥 대신 빵을 먹었다. 삼시 밥을 차린다는 게 억울했고 아이들의 입맛도 그렇게 보수적으로 길들여서는 안 될 것 같았다. 이런 식으로 잘 나가다가 언제부터인지 빵 조각은 목이 메었고, 서양식 수프는 느글느글해지기 시작했다. 하다못해 찬밥 덩이라도 된장국에 한술 말아먹어야 속이 편했다.

 같은 우리 음식이라도 현대식으로 요리조리 모양을 내거나, 서양식을 가미해 잔재주를 부린 음식보다는 원형에 가까운 진국스러운 우리 음식이 먹고 싶었다. 그렇지만 모든 문화가 그렇듯이 음식문화도 끊임없이 변화 발전하는 것이지 원형이라는 것이 어디 있으며 있다고 해도 어떻게 내가 그걸 먹어봤다고 할 수 있겠는가. 그러나 개개인에게 먹는 즐거움, 음식 만든 이의 정성에 대한 감사를 일깨워준 원초적인 음식은 있게 마련이다. 그런 유년기의 음식을 엄마의 손맛이라 해도 좋고 음식의 원형이라 해도 좋지 않을까.

 그렇다면 이 나이에는 도저히 회귀할 수 없는 맛이다. 얼마 전에는 몸살을 몹시 앓고 났는데 회복기에 가장 먹고 싶은 게 흰죽에 새우젓을 얹어서 먹는 거였다. 보통 새우젓이 아니라 육젓 말이다. 그러나 우리 아이들은 육젓이란 말 자체를 이해하지 못했다. 새우젓이면 새우젓이지 육젓이 뭐냐는 것이었다. 유월에 잡은 새우로 담근 것을 육젓이라 해서 으뜸으로 치고, 가을에 잡은 새우로 담근 것을 추젓이라 해서 허드레로 쳤다. 그렇지만 육젓도 비싼 것은 아니어서, 서민층도 초가을에 한 독씩 장만하여 김장 때 쓰고 남은 것은 일 년 내내 두고 먹는, 된장 간장이나 마찬가지의 기본 조미료였다.

어려선 배탈이 잘 났다. 배탈이 났을 때 엄마는 흰죽을 쑤고 육젓에다 참기름도 치고 깨소금이랑 고춧가루도 솔솔 뿌려서 조무락보물락 무쳐 반찬으로 주면서 장조림을 못 해주는 것을 미안해하셨다. 나도 새우젓보다는 장조림 간장을 해서 흰죽을 먹는 게 소원이었다. 새우젓 반찬이란 엄마가 아무리 솜씨를 다해 조리를 했어도 된장 덩어리가 그대로 상에 올라온 것처럼 창피했다. 우리의 가난이 적나라하게 드러난 것 같아 비참하기조차 했다.

그러나 지금은 새우젓 값이 오히려 금값이라고 한다. 그나마 대부분은 수입한 거고, 시중에서 국산이라고 원산지를 밝혀놓은 것도 추젓이지 육젓이 아니다. 우리 아이들은 비싸서가 아니라 진짜 육젓이 어떻게 생긴 건지 잘 몰라 못 구해오고 잣죽이니 호박죽이니 하는 것으로 내 입맛을 달래려 들었지만 나는 오직 육젓이 먹고 싶어서, 아니 새우젓 꽁다리 하나 마음대로 먹을 수 없는 게 서러워서 눈물이 다 날 것 같았다. 내 입맛의 대표적인 U턴 현상이다. 그러나 노망 소리가 듣기 싫어 그럴듯하게 U턴 어쩌구 하는 것이지 옛날에 대한 나의 이런 못 말리는 집착을 노망의 초기 현상이라 해도 틀린 말은 아닐 것이다. 집착이 괴로움을 낳고 마음의 병이 된다는 것은 그 집착하는 바가 비록 새우젓 꽁다리 같은 하찮은 거라 해도 변함없는 진리가 아닐까.

이런 U턴 현상과 함께 가진 것에 대한 애착이 점점 시들해지다가 이제는 짐스러워서 맨날 장만하기보다는 없앨 궁리부터 하게 된다. 노망이라기보다는 이제야 조금은 지혜로워지기 시작하는 것 같아 그나마 다행이다. 일용할 소모품 외의 물건 장만을 거의 안 하고 산 지는 이십 년도 넘는다. 안 하는 대신 버리지도 않아서 요번에 오랜만에 이사를 하려고 들춰내니 그 분량이 엄청났다. 내 생전에 다 읽을 것 같지 않은 책들, 또 입을 것 같지 않은 옷들, 아름답지도 기능적이지도 않은 주제에 공간이나 많이 차지하는 옷장들은 필요에 의해서라기보다는 습관적으로 끼고 살던 것들이다. 그런 것들이 왜 그렇게 많은지. 안 버린 것도 결코 미덕이 아니었다. 진작 버릴 마음을 가졌더라면 남들이 갖다가 이용할 수도 있었으련만 지금은 아무도 안 거들떠볼 순전한 허접쓰레기였다. 내가 안 치우면 나 죽은 후 내 자식들이 치워야 할 텐데 그 생각을 하면 더 끔찍하다.

아아, 나는 너무 많이 가졌구나. 천당까지는 안 바라지만 누구나 다 가는 저승문에 들어설 때도 생전에 아무것도 안 가진 자는 당당히 고개 들고 들어가고 소유의 무게에 따라 꼬부랑 꼬부랑 허리 굽히지 않으면 버러지처럼 기어 들어가야 할 것 같다. U턴 지점을 이미 예전에 돌아 나의 시발점이자 소실점인 본향을 눈앞에 두고서야 겨우 그게 보이는 듯하다.

오해

　　　　　　아파트에 살 때도 그러했지만 땅집에 살
고부터는 더더욱 쓰레기에 신경이 써진다. 아파트에서는 분
류해서 내다버리는 순간 쓰레기봉투는 익명의 것이 돼버린
다. 그러나 땅집에서는 수거차가 오는 날 집 앞에 내다놔야
하기 때문에 누구네 쓰레기라고 딱지를 써 붙인 거나 다름이
없다. 쓰레기지만 깔끔하게 보이고 싶어 넘치지도 모자라지
도 않게 담아서 꼭꼭 잘 여미게 된다.
　쓰레기라도 깔끔하게 보이고 싶다는 내 허영심을 비웃듯이
수거차가 오기 전에 우리 쓰레기봉투가 무참하게 파헤쳐지는
일이 빈번하다는 걸 알게 되었다. 생선이나 닭고기를 먹고 난

후는 영락없이 그런 일을 당했다. 고양이들의 소행이었다. 개는 안 기르는 집이 거의 없다시피 하지만 고양이 기르는 집은 거의 없는 것 같은데도 동네에는 고양이들이 많다. 이렇게 도둑고양이들이 많기 때문에 쥐가 거의 없다는 게 동네사람들의 설명이었다.

아무리 그렇다고 해도 수거차가 지나간 후에도 문 앞이 깨끗하지 않고 닭뼈나 생선뼈가 어지럽게 널려 있다는 건 여간 속상한 일이 아니었다. 터져서 냄새나는 내용물이 꾸역꾸역 쏟아지는 쓰레기봉투를 들어 올렸을 미화원 아저씨에게는 또 얼마나 미안한 노릇인가. 그래서 생각해낸 게 고양이가 좋아할 만한 먹이가 생기면 봉투 속에 넣지 않고 접시에 따로 담아 고양이가 잘 다니는 통로에다 놓아두는 거였다.

그것은 좋은 생각이었다. 적중했으니까. 그 후부터 쓰레기봉투가 훼손당하는 일은 안 생겼고, 나도 고양이를 챙기는 일에 재미를 붙이게 되었다. 비린 것을 탐하는 고양이의 식성은 츱츱했지만 생선뼈를, 머리칼처럼 가느다란 가시까지도 깨끗이 발라내는 솜씨는 가히 예술이라 부를 만했다. 그 대신 우리 식구들은 고양이 생각을 한답시고 닭고기나 생선을 먹을 때 점점 더 살을 많이 붙여서 남기게 되었다.

나는 한술 더 떠서 식구들이 잘 안 먹는 생선조림이 생기면

고양이를 위해 냄비째 쏟아버리기도 했다. 그러나 고양이는 절대로 과식하는 일이 없었다. 남겼다가 며칠에 걸쳐서 다 먹어 치웠다. 그래서 나는 속으로 우리 집 단골 고양이가 여간 아니라고 생각했지만, 한 번도 녀석의 모습을 제대로 본 적은 없었다. 동네에는 여러 종류의 도둑고양이가 있었지만 우리 마당을 환각처럼 바람처럼 스쳐 지나가는 고양이는 베이지색 바탕에 검은 줄이 있는 상당히 아름다운 고양이라는 걸 알고 있을 뿐이었다.

  오랜 장마가 갠 어느 날 오후였다. 마침 혼자 집을 지키고 있었다. 무더위가 한풀 꺾였다고는 하나 집 안에는 아직 곰팡내 섞인 습기가 많이 남아 있어 앞뒷문을 활짝 열어놓고 있

었다. 마루에서 책을 읽고 있다가 무심히 부엌 뒷문 밖을 내다보았을 때였다. 뒷문 밖에는 꽤 넓은 툇마루가 있는데 거기 우리 집 단골 얼룩 고양이가 꼭 저 닮은 새끼를 다섯 마리나 거느리고 나란히 앉아 있는 게 아닌가. 어미는 산후라 그런지 털이 꺼칠했지만 새끼들은 털이 반지르르 윤이 흐르는 게 정말이지 눈이 부시게 아름다웠다. 어떤 인간의 가족도 그렇게 아름다운 가족은 본 적이 없었다.

나는 거의 전율에 가까운 기쁨을 느꼈다. 그뿐이 아니었다. 나는 감동까지 하고 있었다. 나는 나에게 잘 얻어먹은 어미 고양이가 그동안 해산을 해서 반질반질 잘 기른 새끼들을 나에게 자랑도 할 겸, 감사와 친애의 표시도 할 겸해서 그렇게 가족 나들이를 나왔으려니 하고 있었다. 그 쌀쌀맞고 영악하기만 한 고양이로서는 기특하기 짝이 없는 마음 씀씀이 아닌가.

나는 마치 손주새끼들 반기듯이 만면에 웃음을 띠고 두 손까지 활짝 벌려 그들 고양이 가족을 환대한다는 표시를 하며 부엌문 쪽으로 갔다. 그러나 그다음에 나는 기절을 할 뻔하게 놀라고 말았다. 어미가 눈으로 불을 뿜으며 으르릉 이를 드러내고 나에게 공격태세를 취하는 게 아닌가. 신속하고도 눈부신 적의(敵意)였다. 다행히 순간적이었다. 내가 혹시 대낮에 환상을 본 게 아닌가 싶게 고양이 가족은 소리도 없이 신속하게 모습을 감추었다. 그래도 나는 무서워서 부엌문을 닫아버렸다.

두근거리는 가슴을 진정시키고 나니까 고양이에 대한 내 오해가 하도 어처구니없어서 슬며시 웃음이 났다. 그까짓 먹고 남은 생선뼈 따위 좀 챙겨주고 나서 내가 녀석을 길들인 줄 알다니. 녀석은 챙겨주는 것보다 스스로 쓰레기봉투를 뚫고 찾아내는 게 훨씬 스릴도 있고 보람도 있었을 것이다. 어쩌면 녀석이 나를 공격하려 했다는 것조차 오해일 수도 있었다. 나에 대한 녀석의 적의는 곧 저렇게 생긴 인간이라는 족속에게 길들여지면 절대로 안 돼, 라는 제 새끼들에 대한 강력한 경고가 아니었을까.

우리는 흔히 고양이는 은혜를 모르는 동물이라고 생각하며 길들이기를 꺼려한다. 그게 인간들끼리 통하는 생각이라면 고양이들끼리 통하는 생각은 인간이라는 머리 검은 동물에게 길들여진다는 건 자유와 자존심을 담보로 해야 하는, 즉 죽느니만도 못한 짓이라는 것일지도 모르겠다.

소리

　　　　　　　　무슨 소리였을까? 청각을 잔뜩 곤두세 워봤지만 아무 소리도 들리지 않았다. 거의 완벽한 고요였다. 불을 켜고 시계를 보니 자정을 좀 지난 시간이었다. 이 시간에 이렇게 주위가 고요하다는 게 믿기지가 않았다. 미친 듯이 질주하던 차바퀴가 급브레이크를 걸 때 생기는 지긋지긋한 소리에 잠이 깨기 알맞은 시간이었다. 기다려도 기다려도 차들이 급하게 달리는 도시의 소음은 들리지 않았다. 아, 참 내가 찻길에서 한참 떨어진 산골짝 동네로 이사를 했지. 그 생각이 나자 비로소 나를 둘러싼 정적이 이해가 되었다.
　그래도 억울하긴 마찬가지였다. 초저녁잠이 많은 대신 한

번 잠이 깨면 다시 잠들지 못하는 나쁜 버릇 때문에 고생을 많이 했다. 열 시도 못 되어서 눈꺼풀을 덮어 누르는 수마 때문에 자리에 들어 실컷 자고 났는데도 미처 그날이 다 가지 않은 자정 전일 때는 새벽을 기다리기가 참으로 지루했다. 그럴 때는 책을 읽든지 글을 쓰든지 하면 될 터인데 왜 그렇게 잠에 집착을 하는지 모르겠다. 밤에 자두지 않으면 다음 날 큰일이라도 날 것처럼 조바심할수록 잠은 멀리 달아나고 망령된 생각들이 머릿속을 엉망으로 어지럽힌다. 여북해야 이사할 때 사람들이 으례 하는 부자 되라느니 건강하라느니 하는 덕담을 흘려들으며 속으로 제발 새집에서는 단잠을 잘 수 있기만을 빌었을까.

다행히 이사를 하고 나서 적어도 다섯 시간 이상은 내쳐 잘 수 있게 되었다. 팔차선 대로변에서 산골짝으로 옮긴 덕이라 여기고 안심했었는데 그게 아닌가. 무엇 때문에 잠을 설쳤다는 걸 알아내고 싶어 안달을 할수록 잠은 멀리 도망가고 가까이 들리는 건 정적뿐이었다. 이상한 일이었다. 아무것도 안 들리는 게 정적이어야 하는데 나는 분명히 정적을 듣고 있었다. 이 부드럽고 포근한 정적의 감촉은 청각이 아니라 촉각이어야 하지 않을까 하는 엉뚱한 생각이 들었다.

일어나 부스럭거릴수록 잠이 멀어질 것 같은 위험성을 무럽쓰고 창호지 문을 열었다. 창호지 문밖 유리문을 통해 저만치 길모퉁이를 밝히는 가로등이 보였다. 가로등 불빛 속을 눈발이 분분히 날리고 있었다. 아아, 바로 저 소리였구나. 여인의 옷 벗는 소리로 비유한 시인도 있었지만 내 귀는 그렇게 밝지 못하다. 나를 깨운 건 소리가 아니라 느낌이었다. 고요, 평화, 부드러움의 감촉이었다. 나는 다시 자리에 들어 황홀하고 감미로운 수면 속으로 서서히 침몰했다.

설이 지나고 제법 해가 길어진 어느 날 아침이었다. 곧 해가 뜨려나, 파스텔 조의 노을빛을 받은 숲의 나무들이 흡사 꼼지락대는 것처럼 보였다. 겨우내 맨몸으로 삭풍을 견딘 늠름하고도 날카로운 가장귀들이 마치 간지럼을 참듯이 들썩이고 있는 게 암만해도 수상쩍었다. 나는 숲을 좀 더 자세히 보려고 마당 끝까지 걸어갔다. 우리 집 마당 끝은 조그만 시냇물을 사이에 두고 숲과 연결돼 있다. 바람 없는 조용한 새벽이었다. 밤나무들은 아직도 칙칙한 작년의 갈잎을 다 떨구지 못하고 달고 있었다.

지난겨울 강풍이 휘몰아치던 날, 쏴아 하고 공기를 가르는 소리에 깜짝 놀라 창밖을 보니 어마어마한 수의 참새 떼가 숲에서 곧장 우리 집으로 쳐들어오는 게 아닌가. 그 맹렬한 기세가 마치 유리창도 뚫을 것 같아 나는 본능적으로 방바닥으로 몸을 낮추었다. 참새 떼의 정체는 강풍을 탄 밤나무의 갈잎이었다. 그날 그 강풍에도 마저 떨구지 못하고 남아 있는 갈잎들조차 꼼짝 않을 정도로 바람 없는 아침이었다. 온갖 새들의 은밀한 지저귐이 그렇게 섬세하게 숲을 흔들고 있다는 걸 한참 만에 알아차렸다. 매일같이 참새나 까치 등 흔한 새들이 우리 마당까지 날아와 놀다 갔기 때문에 그것들이 동네 어디멘가에 둥지를 틀고 살고 있으려니 여기긴 했어도 숲속에 미지의 새들이 그렇게 많이 살고 있는 줄은 미처 몰랐다.

시방 도대체 뭘 하고 있기에 저렇게 나직이 저렇게 즐겁게 속닥거리고 있는 것일까. 새들이 사랑을 나누는 시간일까? 품고 있던 알이 껍질을 깨고 나오는 걸 보고 좋아서 저러는 걸까? 먹이를 찾으러 나가는 가장을 환송하는 지저귐일까? 아니면 미지의 새들이 서로 봄이 멀지 않았다는 걸 소통하면서 기쁨을 나누는 소리일까? 숲속의 생태계가 열심히 일하고, 사랑하고, 번식하고, 잡아먹고, 잡아먹히면서 겨울을 나고 봄을 맞이하려 하고 있구나. 내 눈에만 잘 안 보인다뿐 엄연히 존재하는 아름답고도 조화로운 살아 있는 세상이 내 이웃이라는 게 얼마나 신기하고 감동스러운지 가슴이 울렁거렸다.

정초에 이웃에 사는 학자 댁에 초대를 받았다. 손 가는 음식을 너무 많이 차려서 황공했다. 언제 이렇게 많은 음식을 차렸느냐고 했더니 학자 남편은 웃으면서 저 사람이 밤새 똑딱거렸다고 했다. 밤에 집필을 하는 그의 습성을 아는 나는 시끄러워서 글도 제대로 못 쓰셨겠다고 했더니 아니라고, 세상에서 가장 아름답고 듣기 좋은 소리가 음식 만드는 소리라고 했다. 나는 그의 대답을 들으면서 평소 무뚝뚝하고 재미없어 보이는 이 부부가 실은 참 금슬이 좋은 부부였구나 싶어 절로 웃음이 났다.

나귀를 끌 것인가, 탈 것인가

　　　　　　강남의 아파트에 살다가 교외의 단독주택으로 이사를 하고 나니 불편한 점도 많지만 운동부족이 쉽게 해결되어서 얼마나 좋은지 모른다. 집의 구조도 아파트보다는 잔걸음을 많이 치게 돼 있지만 시내에 한번 나가려면 버스 정류장까지 팔백 미터가량 걸어 나가야 된다. 느릿느릿한 걸음으로 십오 분에서 이십 분쯤 걸리는데 내 나이에 적당한 거리라고 생각한다. 나는 걷기를 좋아하고 내가 할 수 있는 유일한 운동이 있다면 아마 걷기일 것이다. 이 정도로 건강을 유지하고 있는 것도 걷기 운동 하나만은 꾸준히 해왔기 때문이라고 믿고 있다.

중고등학교 육 년 동안을 돈암동에서 종로까지 걸어 다녔다고 하면 다들 믿지를 않거나 집이 굉장히 가난했었나 보다고 동정을 한다. 그러나 그때는 교통수단이 전차밖에 없어서 아침 등교시간에 전차 얻어 타기는 죽기 살기의 투쟁이었고, 정전 또한 잦아서 지각을 안 하려면 걷는 게 수였다. 나뿐 아니라 거의 다들 걸어 다녔기 때문에 돈암동에서 명륜동을 지나 원남동까지 가는 사이에 점점 학생 수가 늘어나, 원남동에서 안국동까지는 완전히 남녀 학생으로 길이 미어터지게 빽빽했었다.

각종 편리한 대중교통 수단뿐 아니라, 자가용까지 흔해지면서 사람들은 덜 걷게 된 대신 운동에 대한 관심이 많아졌다. 늙은이들한테 가장 많이 권장되는 운동이 골프나 조깅, 산책 등인 걸 보면 역시 걷기가 최고인 것 같다. 달리 할 줄 아는 운동도 없고 해서 시내에 살 때도 가까운 데는 걸어서 다녔고, 전철을 타기 위해 오르락내리락하는 것도 운동 삼아 즐겨왔다. 이 한적하고 공기 좋은 교외의 길을 이십 분 정도 걸을 수 있다는 것은 우리 동네가 나에게 베푸는 가장 큰 덤이라고 생각하고 감사하는 마음으로 즐기고 있다. 더구나 요새처럼 봄이 오는 시기에 시냇물을 옆구리에 끼고 숲을 바라보며 걷는 기쁨을 무엇에 비길까.

누구네 집에나 한두 그루는 있게 마련인 목련은 벌써 꽃몽우리가 터질 듯이 부풀었고, 아직도 칙칙한 작년의 묵은 잎을 달고 있는 숲의 밤나무들도 봄볕의 간지럼을 못 참겠는지 잔가장귀를 꼼지락대며 아지랑이를 피워 올리고 있다. 양지바른 둔덕이나 담 밑에서 벌써 민들레나 쑥잎 같은 것들이 왕성하게 돋아나고 있는 걸 보니 보잘것없는 것들일수록 봄기운에 민감한가 보다. 문득 내 안에서도 고목나무에 물오르는 소리 같은 생명의 화답이 용솟음치는 걸 느꼈다면 비록 착각이라 해도 얼마나 즐거운 착각인가.

그렇게 즐기며 걷고 있는데 뒤에서 빵빵 클랙슨이 울리며 차가 설 적이 있다. 안면이 있는 동네사람이 태워주겠다는 호의를 무시할 수 없어 타면, 노인이 차 없이 어떻게 사시느냐고 염려를 해준다. 그 말 속에는 동정이 스며 있어 실은 차가 있다고 말한다. 같이 사는 딸이 차를 가지고 있고 물론 내가 얻어 타고 싶으면 얼마든지 탈 수도 있다. 그러나 시내 나가는 길에 겸사겸사 걷기 운동을 하려는 내 목적을 상대방에게 이해시키기는 쉽지가 않다. 그래서 어물어물하면 상대방은 마치 내가 자식의 눈치나 보면서 사는 불쌍한 노인인 양 취급하려 든다. 딸애도 동네사람들의 이런 이목을 의식해선지 내가 찻길까지 걸어 나가는 걸 질색을 한다. 그 짧은 길에도 소신껏 살기 힘든 인생역정이 고스란히 담겨 있는 것 같아 문득 다음과 같은 옛날이야기를 떠올리곤 한다.

부자父子가 나귀를 끌고 가는 걸 본 길 가던 사람들이 왜 나귀를 타지 않고 그냥 끌고 갈까, 하고 수군댄다. 그 소리를 들은 아버지가 나귀를 타고 가자 이번에는 어쩌면 어른이 타고 아이를 걸리느냐고 흉보는 소리가 들린다. 그도 그럴듯해서 이번에는 아들을 태우고 아버지가 나귀를 끈다. 늙은 아비를 걸리고 아들이 탄 것은 또 당연히 흉을 잡힌다. 결국은 부자가 다 올라탄다. 이번에는 두 사람이나 태운 나귀를 불쌍해하고, 부자를 인정머리 없다고 흉본다. 생각다 못해 부자는 나귀의 발을 묶어 막대기에 꿰서 거꾸로 어깨에 메고 간다. 길 가던 행인들이 그 우스꽝스러운 모습에 박장대소를 하며 어리석은 부자를 비웃는다는 이야기.

자연이 놀랍고 아름다운 까닭은 목련이 쑥잎을 깔보지 않고, 도토리나무가 밤나무한테 주눅 들지 않고, 오직 타고난 천성을 완성하기 위해 최선을 다하는 데 있지 않을까.

마상馬上에서

올해는 음력설 연휴가 길었다. 그동안 네팔을 다녀왔다. 명절연휴에 고향을 찾는 대신 외국으로 여행을 떠나는 사람들이 늘어난다는 소문은 들었어도 막상 내가 그중의 한 사람이 되어보긴 처음이었다. 몇 가족이 어울려 가는 여행이어서 나는 올해 대학에 들어간 손자를 데리고 갔다. 구성원은 칠십대부터 십대까지 노소가 골고루 섞여 있었는데도 예정된 트레킹 코스는 이십대 청년 체력에 맞춰진 듯했다. 예정표만 봐도 힘든 여행이 될 것이 뻔했지만 그저 공부만 잘하라고 떠받들어 키운 손자에게 몸 고생을 시켜보고 싶었다면 할미답지 않은 가혹한 처사였을까.

일행 중 제일 먼저 체력의 한계를 느낀 건 당연히 가장 나이가 많은 나였다. 다행히 연장자를 위해 예비해둔 말이 몇 필 있어서 죽어도 한 발자국도 못 뗄 것 같은 고비 고비마다 말을 얻어 탈 수가 있었다. 생전 처음 타보는 말이었다. 얼마나 무섭던지 죽기 아니면 살기로 탔다. 다행히 손자가 고삐를 잡고 마부 노릇을 해주어 한결 든든하고 마음이 놓였다. 그날이 설날이었기 때문일까. 문득 할아버지 생각이 났다. 고단한 몸을 목욕물에 담근 것처럼 따뜻하고 행복한 느낌이 가슴까지 차 올라왔다.

설날 한가하게 외국여행씩이나 떠날 수 있었던 것은 양력으로 차례도 지내고, 세배손님도 치러냈기 때문이다. 구정이 지금처럼 연휴가 되기 전에도 대부분의 가정에서는 구정에 차례를 지내고, 차례가 없는 집에서도 신정을 쇨 기분이 안 난다고 구정이 되어야만 떡국이라도 끓인다. 그러나 우리 집의 양력과세는 오래되고 뿌리 깊은 것이어서 나는 양력에만 쇨 기분이 난다.

나는 할아버지의 각별한 사랑을 받고 자랐는데 교육열이 유별난 엄마 때문에 여덟 살 때 할아버지 슬하를 떠나 초등학교부터 서울서 다니지 않으면 안 되었다. 여름방학과 겨울방학 동안만 데리고 있을 수 있는 손녀를 위해 할아버지는 집안의 연례행사 중 설을 양력으로 바꾸어버리셨다. 지금 같으면 개인의 선택에 속하는 별것도 아닌 일이지만 그때만 해도 우리 시골에서는 여간 튀는 일이 아니었다.

때는 30년대 일제 강점기였고, 일제는 음력에 설 쇠는 걸 금하고 양력을 강요할 때였다. 학교나 관공서가 평상시와 똑같이 등교하고 근무해야 하는 건 말할 것도 없고, 떡방아를 찧는 것조차 범죄행위처럼 쉬쉬해야 했다. 그럴수록 조선 사람들은 양력은 일본 설, 음력은 조선 설이라고 편을 가르고 조선 설을 지키는 것을 마치 독립운동처럼 자랑스럽게 여겼다. 그럴 때 마을의 정신적 지주처럼 존경받던 어른이 일본 설로 전향을 했으니 사람들이 쑥덕거리는 건 당연했다. 해가 바뀌는 건 당연히 태양력에 맞춰야 한다고 우기셨지만 그게 사람들에게 먹혀든 것 같지는 않다.

우리 집만 독불장군으로 양력설을 쇠고 할아버지는 비록 마을에서 홀로 쇠는 설이지만 일 년 중 제일 큰 명절 기분을 충분히 낼 수 있도록 하나도 소홀하거나 빼놓고 하는 일이 없게 앞장서 기분을 내셨다. 지금 생각해보면 초등학교 시절의 겨울방학은 한 달 내내 여유롭고도 풍족한 축제기간이었다. 명주에 물들여 설빔 짓고, 엿 고고 두부 하고 떡 치고 돼지 잡고 마침내 설날 차례 지내고 나면 거의 보름 넘어 널뛰고 윷 놀고 손님이 그치지 않는 명절이 계속됐다.

명절이란 아이들을 위한 건데 아이들이 실컷 놀 수 있을 때

지내면 되지 무엇하러 아이들 빼놓고 도둑질하듯 지내느냐는 게 할아버지의 지론이었다. 일본 설 쉰다고 동네에서 손가락질받던 할아버지가 창씨개명은 끝내 안 하셔서 지조 있는 선비다움과 양력이 결코 일본 설이 아니라는 당신 생각을 분명히 하셨다.

결혼해서 내 아이를 갖게 된 후엔 나도 할아버지처럼 아이들 방학 중엔 느긋하게 음식 만드는 것도 보여주고 가르쳐주면서 새해도 맞고 손님도 맞는 게 합리적이란 생각으로 양력으로 설을 쇘다. 음력설은 평상시처럼 지내지만 속으로는 할아버지 생각을 많이 그리고 간절히 한다.

할아버지는 왜 그렇게 나를 애지중지하셨을까. 그 생각만 하면 자신이 소중해진다. 그분이 사랑한 나의 좋은 점이 내 안에 지금도 살아 숨 쉬는 것처럼. 그건 삶이 비루해지려는 고비마다 나를 지탱해주는 힘이 되었다. 우리가 여행을 할 때 가장 자주 하는 말은 아마 남는 건 사진밖에 없다는 소리일 것이다. 그러면서 자꾸자꾸 사진을 찍어대듯이 사람이 한세상 살고 나서 남길 수 있는 게 사랑밖에 없다면 자꾸자꾸 사랑해야 하지 않을까. 나는 손자가 고삐를 잡은 마상에 앉아서 이 힘든 여행이 훗날 손자에게 무엇이 되어 남을까 상상해보며 부디 사랑받은 기억이 되기를 빌었다.

남편 기 살리기

우리처럼 가족의 가치를 중요시하는 민족도 아마 흔치 않을 것이다. 가족은 마땅히 똘똘 뭉쳐 고생과 즐거움을 함께해야 한다. 성공도 실패도 가족이 지켜봐줌으로써 보람을 느낄 수도, 용기를 얻을 수도 있다. 이런 가치관 때문에 이산가족 하면 그 이유 여하를 막론하고 마음이 짠하면서 우선 눈물을 흘릴 준비부터 하게 된다. 그런 정서적 반응은 83년 KBS 이산가족 찾기 방송에서 비롯됐다고 해도 과언이 아닐 정도로 그때 그 방송이 전국적으로 미친 충격과 영향은 상상을 초월한 것이었다. 방송국에서도 미처 예상 못한 일이었겠지만, 가족을 잃지 않은 보통 시청자도 자신의 내

부에 그런 순수한 눈물이 그렇게 무진장 범람하고 있을 줄은 미처 몰랐을 것이다. 남의 일에 그렇게 지칠 줄 모르고 슬퍼할 수 있다니.

실상 남의 일이 아니었던 것이다. 우리는 6·25 전쟁이라는 고통의 뿌리를 공유하고 있었다. 다시 한 번 사람을 사람이 아니게 만드는 전쟁의 비정함에 몸서리를 치면서 우리를 대신하여 혈육이 갈린 수많은 이산가족의 상처를 자신의 상처처럼 보듬어 안을 수가 있었다. 그건 결코 값싼 동정이 아니라 속죄요, 정화의 눈물이었다. 그리하여 왜 이제야 우리가 만나느냐고, 그동안 정부는 뭐 했느냐고, 원망하는 말 한마디 없이 다만 목이 메어 KBS 만세를 부르는 이산가족의 착하디착한 심성 속에 아무런 거부감 없이 동화할 수가 있었다.

요새도 그때의 이산가족 찾기와 유사한 방송이 있고, 그걸 볼 때마다 목이 메는 것도 그때 못지않다는 걸 친구로부터 듣고 일삼아 그 프로를 골라 본 적이 있다. 시청률이 높은 장수 프로고 또 그 방송에 출연해서 가족을 찾고 싶어하는 신청자의 십분의 일 정도밖에 출연시킬 수 없을 정도로 신청자가 쇄도하고 있다는 것도 알게 되었다. 난리통도 아닌 태평성세에, 그리고 개인의 신상이 손바닥 들여다보듯 뻔한 이 정보화시대에 아직도 그런 일이 있을 수 있다니 잘 믿기지 않았다. 그러나 그건 사실이었고 전쟁 대신 이번엔 가난이 문제였다.

또 하나 83년도의 이산가족 찾기와 현저하게 다른 게 있다면 가족과 만나 울고불고 하는 이는 거의가 딸이나 누이라는 점이었다. 아들이 가족과 헤어지게 된 경우는 열의 하나나 될까 말까 했다. 5, 60년대 우리의 가난은 '열 식구 버는 것보다 한 식구 더는 게 낫다'는 속담이 솔깃하게 들릴 정도로 입에 풀칠이 급선무인 참담한 것이었다. 그때 우선적으로 덜어낸 게 딸이었다는 건 여러 가지 정황을 종합해볼 때 의심할 여지가 없었다.

그 무렵 도시에선 어린 식모 구하기가 아주 쉬웠고, 조건은 그저 밥이나 먹여주고 때 되면 시집이나 보내줬으면 하는 게 전부였다. 그러다가 고정적인 월급을 받을 수 있는 버스 차장쪽으로 소녀들이 많이 빠지면서 도시 중산층이 형성되자 식모 월급과 버스 차장 급료가 경합을 벌이기 시작했다. 하여튼 도시에서 무슨 수를 써서든지 돈만 벌면 소녀들은 고향으로 송금해서 생계를 돕기도 하고 오빠나 남동생 공부를 시키기도 했다.

70년대 산업화 정책과 함께 대규모 공단이 여기저기 생겨나면서 소녀들은 다시는 식모살이도 버스 차장도 안 하게 된 대신 한강의 기적을 이룩한 산업의 역군이 되었다. 소녀들이

제공한 양질의 값싼 노동력 없는 7,80년대의 경제성장은 상상도 할 수 없는 일이었다. 우리나라 속담에 첫딸은 세간 밑천이라는 말이 있는데 그때 이 나라의 모든 딸들은 아들의 공부 밑천이기도 했다. 이렇듯 딸들은 우리가 극빈했을 때는 한 식구라도 덜어내는 최우선 순위로, 경제성장기에는 밑거름으로 두루 희생양 노릇을 해왔던 것이다. 무엇을 위한 희생이었나. 결국은 남자들 기 살리기 위한 희생이었다.

  IMF시대라는 일찍이 경험해보지 못한 난국을 맞아 우리의 여론은 마치 약속이나 한 듯이 남자들 기를 살려줘야 한다고 아우성이다. 게다가 거의 날마다라고 해도 좋을 만큼 집을 나와 노숙露宿하는 남자들을 TV를 통해 보다 보니, 마치 실직한 남편들이 아내의 눈치를 살피느라 집에 못 들어가고 거리에서 방황하는 것처럼 보인다. 남편 기 살리기와 노숙자가 교묘하게 맞물려 남편들에게는 무책임한 현실도피에 대한 면죄부를 주는 대신 아내들에게는 근거 없는 죄의식을 부추기고 있는 것이나 아닌지. 도대체 남편들은 얼마나 못났고, 아내들은 얼마나 기가 세고 넘쳐 그렇게 시시때때로 기를 북돋아줘야 하는지. 기도 가까이 있어야 살리지, 기 살리기가 요술이나 도술이 아닌 바에야 행방불명된 사람의 기를 무슨 수로 살린단 말인가.

기 살리기와 응석받이를 혼동하지 말았으면 싶다. 덮어놓고 집을 나가 거리를 떠돈다는 것은 일종의 응석이다. 성인이라면 이 어려운 때 누가 누구에게 기대고 떠맡기는 식의 응석은 부리지 말아야 한다. 기는 소통이 돼야 비로소 살아 있는 기고, 소통이란 일방적인 게 아니라 상호적인 것이다. 가장 힘들 때 그 고통의 현장에 부재不在하려는 남편들의 가출을 너무 동정하지 말았으면 싶다. 동정과 격려를 받아야 할 사람은 졸지에 생활고와 남편의 행방을 몰라 애간장이 마르는 이중고를 겪는 아내들이다.

현실과 비현실

　　　　　　잘 아는 후배가 유학을 떠나면서 나에게 독을 하나 주고 싶다고 했다. 우리 집에도 대를 물려 내려오는 장독이 몇 개 남아 있어 사양을 했더니, 하도 잘생겨서 골동품 파는 데서 산 거니까 아무나 주기는 싫다며 꼭 내가 가졌으면 하는 눈치였다. 간장 된장을 담그거나 겨울에 김장을 해서 땅에 묻기 위한 독 말고 바라보기 위해 독을 사는 취미를 이해할 것 같지 않았지만 그렇게 아까우면 맡겨두었다가 찾아갈 요량으로 갖다놓으라고 했다.

　쌀 한 가마니는 넉넉히 들어가게 큰 독이었다. 그러나 키는 크지 않고 동그랗게 배가 불러 우리 좁은 장독대에 놓자니 너무 자리 차지를 많이 했다. 골동품 가게에서 샀다기에 별나게 생긴 독인 줄 알았는데 수수한 보통 독이었다. 하긴 4,50년대엔 행랑방에서나 쓰던 파란 모란꽃 무늬가 그려진 사기요강을 파는 골동품상도 본 적이 있으니까, 그 정도면 준수한 편이었다.

　장독대에서 쫓겨난 그 독은 이리저리 몇 번 옮겨 다니다가 마당 한가운데 버티고 있게 되었다. 별수 없이 자꾸 바라보게 되니까 잘생긴 독이라는 후배의 말이 조금씩 이해가 되기 시작했다. 늠름하고 의젓해 보여 독에도 기품이라는 게 있구나 느낄 적도 있었다. 또 구석에 처박아두는 것보다 버젓이 내놓고 보는 게 그럴듯해 보이는 것도 이 독은 태어날 때부터 올망졸망 그렇고 그런 장독 나부랭이로 태어난 건 아니로구나 싶었다.

　장마철엔 밤새 비가 얼마나 왔나 독 안에 고인 물에다 손을 담그고 짐작해보는 것도 일기예보로 몇십 밀리의 비가 내렸다는 소식을 듣는 것보다 현실감도 있고 운치도 있었다. 그러다 비 개인 어느 날 독 안에서 모기가 날아오르는 걸 보게 되었다. 들여다보니 장구벌레 서식지가 되어 있는 게 아닌가. 빗물을 다 퍼버리고 독을 엎어놓을까 하다가 유리를 덮고 의자라도 옆에 갖다놓으면 야외용 테이블로 그럴듯해 보일 것 같았다. 후배처럼 그냥 바라보고 좋아하지 못하고 어떻게든지 쓸모를 찾아내려는 자신이 너무 각박한 게 아닌가 싶기도 했다. 처음부터 뚜껑 없던 독이 그리하여 십 밀리나 되는 두꺼운 유리 뚜껑을 얻어 갖게 되었다.

다듬잇돌이나 맷돌로 정원에 디딤돌을 만들고, 달구지나 절구에다 화초를 기르고, 떡살이나 다듬잇방망이로 응접실 벽을 장식하는 취미를 평소 같잖게 여겨왔음에도 불구하고 아침이면 독으로 만든 티테이블 옆에 의자를 내다놓고 녹차 한잔 마시면서 조간신문을 뒤적거리는 맛이 나쁘지 않았다. 나쁘지 않은 정도가 아니라 은근히 거들먹거리고 싶기까지 했다.

어느 저녁 무렵이었다. 아마 오랜 장마가 개고 서울의 시정거리가 거의 삼십 킬로미터에 달했다고 신문과 방송이 떠들어댈 때였다. 해가 뉘엿뉘엿하면서 산들바람이 불기에 마당으로 내려섰다가 무심히 독 안을 들여다보고 깜짝 놀라고 말았다. 독 속에 잠긴 감청색 하늘이 어찌나 깊은지 현기증이 날 지경이었다. 그렇게 짙푸른 하늘빛은 처음이었다. 나는 내가 시방 이고 있는 하늘과는 생판 다른 하늘이 그 안에 잠겨 있는 것 같아 독 언저리를 이리저리 옮겨 다니면서 그 안의 하늘을 감상하기 시작했다.

그 안에 잠긴 깃털구름의 노을 빛깔을 무엇에 비길까. 하늘을 쳐다보니 역시 마찬가지였다. 가을하늘처럼 맑고 높아 보이긴 했지만 독 속의 하늘처럼 사람을 빨아들이는 처연한 귀기鬼氣가 느껴지진 않았다. 내 시선으로 잰 하늘의 높이보다 몇 배나 깊은 하늘이 기껏해야 높이 두 자밖에 안 되는 독 속에 잠겨 있을 수 있다니.

가끔 우리는 사진으로 본 선경 같은 경치가 막상 가보면 그저 그래서 실망하는 수가 있다. 그런 경우 자연은 카메라맨의 뛰어난 재능을 만났다 할 것인가? 기계의 조작에 의해 사기를 당했다 할 것인가? 잘 모르겠는 채로 파인더니 앵글이니 하는 카메라맨이 고심하는 것에 대해선 뭘 좀 알 것 같은 느낌도 든다. 그러나 독은 기계와 달라 변덕도 심하다. 그냥 쳐다보는 것보다 훨씬 못한 하늘을 비쳐줄 적도 있고, 없는 것을 보여줄 적도 있다.

해가 중천에 걸린 대낮인데 해 있는 근처에만 검은 구름이 모여 있어 흐린 날과는 달리 어둑시근한 느낌을 주는 날이었다. 먼산을 바라보니 구름이 지나가는 모습이 선명한 명암을 이루고 있었다. 볕을 받은 부분이 유난히 번들대는 걸 보면 방금 지나간 게 구름의 그림자가 아니라 소나기였는지도 모른다는 상상을 불러일으켰다. 나는 습관처럼 독 속의 하늘을 들여다보았다. 이게 웬일인가? 독 속의 하늘에서도 해는 보이지 않았지만 간유리처럼 불투명하게 해를 가리고 있는 젖빛 구름 위로 링처럼 동그랗게 무지개가 서 있는 게 보였다. 하늘을 쳐다봐도 가생이가 강렬하게 빛나는 구름이 그 뒤에 햇빛을 감추고 있다는 걸 시사할 뿐 무지개는 없었다. 그러나 독 속에는 여전히 동그란 무지개가 서 있었다.

도대체 어떤 게 현실이고 어떤 게 비현실이란 말인가? 그릇으로 태어났으면 모름지기 무엇이든지 담을 수 있어야 한다는 내 악착같은 고정관념에 도전이라도 하듯이 그 독은 이렇게 현실 비현실 안 담는 게 없다.

치매와 왕따

충분히 자고 완만하게 깨어났을 때는 무슨 꿈을 꾸었는지 거의 생각나지 않았다. 아아, 잘 잤다고 더는 늘어날 리 없는 키를 한껏 늘려 기지개를 켜는 느낌은 유년기의 행복감과도 비슷하여 포동포동 살이 찔 것 같다. 그러나 한밤중의 전화나 원인 모를 덜컹거림 때문에 느닷없이 잠이 달아났을 때는 얼핏 꿈과 현실이 분간이 안 될 정도로 꿈의 잔상이 뚜렷하다. 아마 중툭을 잘렸기 때문일 것이다. 중툭을 잘린 모든 것은 애처롭다.

신기하게 이 나이에도 꿈속의 나이는 어리다. 고향집 뒤란이나 뒷동산에서 동무들과 놀기도 하고 고개를 넘고 넘어 꽃

피는 산골, 깊고 깊은 단애를 뛰어넘기도 한다. 동무들을 만나기도 하는데, 이상하게 평소에 소식을 궁금해하던 동무가 아니라 생시에는 내 의식에 떠올라본 적도, 풍문에 소식을 들은 일도, 이름이 생각날 리도 없는 얼굴이다. 나는 꿈의 예시 기능을 별로 믿지 않기 때문에 꾸고 난 꿈이 흉몽인지 길몽인지 따져보는 일도 안 하지만, 그렇게 소매를 스친 인연밖에 없는 이를 꿈속에서 생생히 보고 나면, 내 의식을 나와는 별개의 깊이 모를 심연처럼 신비하게도, 기분 나쁘게도 여기느라 잠을 아주 놓치고 만다.

 내가 어린 계집애로 나오는 꿈 중 가장 행복한 꿈은 흰옷 입은 어른들이 집안에 잔뜩 모여서 음식을 장만하는 꿈이다. 무대는 역시 시골집이고 김장을 하는지, 잔치를 하는지, 채반을 든 사람들이 왔다 갔다 하기도 하고, 부엌에서는 김이 무럭무럭 난다. 앞마당에다는 커다란 절구를 놓고 춤추듯이 신나게 떡방아를 찧는가 하면 부엌에서는 솥뚜껑마다 뒤집혀서 지글지글 부침개가 익기도 하고, 솥뚜껑 꼭지 끝에서 이슬처럼 투명한 소주를 뚝뚝 떨구기도 한다. 큰 가마솥에서 순두부가 엉기는가 하면, 방금 눌러놓은 따뜻하고 말랑한 두부를 안주 삼아 소주를 한잔하던 숙모들과 동네 아줌마들이 내가 들여다보자 깜짝 놀라서 두부를 김치에 싸주며 알랑을 떨기도 한다. 다들 흰옷 입고 쪽 진 여자들 중에는 엄마도 있고 할머니도 있고, 고모 숙모들도 있고, 말도 안 되지만 시어머니 시고모 시이모도 있다. 그러나 나는 여전히 그들의 치마꼬리에 휩싸여 거치적대기도 하고 여기저기서 맛있는 것도 얻어먹으며 촐랑대는 계집애에 머물러 있다.

그런 꿈에서 깨어나면 한동안 나는 내가 어른 되고 늙어버렸다는 걸 전혀 깨닫지 못하고, 물질문명 이전의 소박한 풍요와 화목이 살아 있던 농경사회에서 근심 없이 뛰놀던 계집애인 줄 안다. 그런 착각은 고단한 몸을 따뜻한 물에 담근 것만큼이나 편안하고 노곤해서 현실감이 돌아오는 것도 완만하다. 생시가 아니라 꿈이었다는 걸 깨닫고 나서도 나는 꿈에 대한 미련을 못 버린다. 지금은 잘 생각나지 않는, 콩을 갈아 소금섬 밑에서 떨어진 간수로 두부를 만든다든가, 집에서 빚은 밀주를 증류해서 무색투명하고도 독한 소주를 만드는 그 원시적인 방법을 좀 더 자세히 봐두지 못한 걸 안타까워하면서 꿈을 뒤짚어가지만, 중요한 대목이 흐릿하게 가려 있긴 꿈이나 맨 정신 상태의 기억력이나 마찬가지이다.

그러나 꿈에 본, 흰옷 입고 분주하게 음식을 차리고 절구질을 하던 이들의 모습은 방금 만나고 온 듯 생생하다. 그들은 현실적으로는 한자리에 있을 수 없는 이들이다. 내가 결혼하기도 전에 돌아가신 할머니하고 우리 시어머니하고 같이 앉아서 나물거리를 다듬는 일은 분명히 비현실적이다. 그러나 내가 꿈에 본 이들이 하나같이 이 세상 사람이 아닌 고인인 것에 생각이 미치면 그들이 저승에 같이 있다는 건 의심할 여지 없는 사실이 되고 만다. 내가 꾼 감미로운 꿈에 나타난 사람들이 하나같이 죽은 사람들이었다는 게 조금도 기분 나쁘거나 무섭진 않지만, 내가 정을 주고 좋아한 사람들이 이승보다는 저승에 더 많은 게 내 나이의 현실이구나 싶은 깨달음은 비수처럼 섬뜩하다.

  내가 보고 온 것이 저승에서의 그들의 현재 모습이라고 여기는 건 아니지만, 저승에서 그렇게 지내고 있다고 해도 나쁠 것 없다고 생각한다. 그들은 지옥에 떨어질 만큼 나쁜 짓을 하지도 않았지만, 천당 가려고 유난을 떨지도 않았다. 신의 눈으로 봐서 벌을 줄 것도 상을 줄 것도 없는 중생들이 다만 귀엽고 측은하여 이승에서 가장 즐겨하던 짓을 계속하며 지내도록 내버려두지 않았을까. 먼저 간 사람들이 지옥불에서 신음하고 있다고 해도 끔찍한 노릇이지만, 깃털처럼 가볍고 화려한 비단옷 입고 황금 기둥을 한 궁전에서 사시장철 시들지도 바래지도 않는 꽃밭을 거닐고 있다고 해도 안 어울리기는 마찬가지다.

나는 저승에서도 그들을 낯설어하고 싶지 않다. 내가 좋아한 이들이 이 풍진세상을 큰 잘못 없이 살아낸 대가로 그들이 이승에서 가장 신명나 했던 것을 계속할 수 있었으면 얼마나 좋을까 싶다가도, 그렇게 되면 참, 그건 죽은 게 아니지, 하고 혼자 실소하게 된다. 죽는 거 하나도 안 무섭다고 큰소리치면서 실은 무서워서, 아마도 그렇게라도 해서 죽음과 친근해지려는 게 아닌가 싶어 문득 자신이 측은해지기도 한다. 그러나 그런 꿈은 아무리 반복해 꾸어도 싫증이 안 나고 깨어나서도 여운을 즐길 수 있으니 좋은 꿈이라 하겠다. 나쁜 꿈은 깨어나서 깨어나길 참 잘했다고 휴우 한숨이 나오는 꿈이 아닐까.

내가 반복해 꾸는 나쁜 꿈도 역시 어릴 적 꿈이지만 무대가 시골에서 도시로 바뀐다. 초등학생일 적도 있고, 중학생일 적도 있는데, 등교를 하는 도중에 운동화를 안 신고 고무신을 신고 있다는 걸 발견하고 집으로 신을 갈아 신으러 간다. 운동화를 갈아 신고 가다 보니 책가방을 놓고 온 게 아닌가. 다시 집으로 가서 책가방을 가지고 가다 보니 교복 치마에다 한복저고리를 입고 있더라는 식으로 한없이 꼬이는 꿈에서 깨어나면 얼마나 후련한지 안도의 한숨이 절로 나온다.

그러나 그런 꿈도 괜히 꾸는 건 아니다. 학교 다닐 때부터 내가 얼마나 뭘 잊어버리기 잘하는, 칠칠치 못한 학생이었던

가를 상기시켜주는 후유증 같은 것이다. 운동화 대신 고무신을 끌고 가다가 집으로 돌아와 갈아 신고 가느라 지각을 한 적도 실제로 있었고, 체육시간에 부르마 안 갖고 가기, 재봉시간이나 가사시간에 준비물 안 갖고 가기는 단골 메뉴여서 안 잊어버리고 챙겨 가는 날엔 가다가 길에서 떨어뜨리기라도 할 것 같아 몇 번씩 확인을 하느라 잊어버리고 가서 야단을 맞는 것보다 더 피곤했다.

누구한테 야단을 맞을까 봐 전전긍긍할 필요가 없이 된 후에도 잘 잊어버리는 버릇은 여전했다. 요샛말로 소위 건망증인데, 엄마는 그냥 사람이 그렇게 무심해서 어떻게 하느냐고만 했다. 저렇게 무심한데 왜 살이 안 붙는지 모른다고 걱정하는 소리도 들은 것 같다. 그 정도였으니까 엄마는 무심한 걸 나쁘게만 보지는 않은 것 같다.

잊어버려도 중요한 것만 골라서 잊어버렸다. 한 달에 얼마를 벌어서 얼마를 쓰고 사는지, 식구들 생일이 언제인지, 조상 제사가 언제인지, 알아두면 유리한 사람의 이름이 뭐였는지 당장당장 잘도 까먹고 산다. 주로 숫자와 이름에 약한 기억력을 살림만 하고 살 때는 식구들의 보살핌과 일깨움 덕으로 그럭저럭 큰 실수 없이 넘겨왔지만 글을 쓰는 공인이 된 후는 남에게 이런 약점을 들키지 않으려고 뒤로 노력을 많이 하고 산다. 주로 메모에 많이 의존하는데 메모지를 아무 데나 놓고 못 찾는 일이 빈번해 이제는 판때기로 된 큰 달력을 곁에 두고 거기다만 메모를 하기로 하고 있다. 그래도 얼굴이나 표정, 사소한 버릇까지 생각나는 친근한 사람도 이름이 생각이 안 나는 곤경을 해결할 방법은 아직 못 찾고 있다.

식구들이나 오랜 친구들은 나의 건망증을 다들 알아주는 반면 소설을 쓰고 나서 알게 된 친지나 독자들 중에는 나더러 어쩌면 그렇게 기억력이 좋으냐고 감탄을 하는 이도 더러 있다. 아마 순전히 기억력에 의지해 쓴 내 성장소설 중에 시시콜콜한 부분까지 놓치지 않고 재현해놓은 당대의 풍습이나 생활상 등 때문에 그런 소리를 듣는 것 같다.

기억력이 좋다는 말도, 건망증이 심하다는 말도 다 맞는 말이라는 걸 인정할 수밖에 없다. 중요한 건 잘 잊어버리고, 안 중요한 건 잘 안 잊어버리는 게 나의 못 말리는 버릇이다. 기껏 유명한 사람의 연설을 경청하고 나서도 그 유명인사의 이름이나 연설 내용은 하나도 생각나지 않고, 옆의 사람이 하품할 때의 입 냄새, 앞의 사람이 자꾸만 시계를 보면서 중얼거리던 날카로운 촌평, 내 옆구리의 통증은 오래도록 기억한다.

유명인사의 사상은 필요하면 그의 저서를 찾아보면 되지만, 이런 나만의 느낌이나 관찰은 언제고 장광설이라는 걸 정확하게 묘사하기 위한 물감 같은 것이 되어 내 기억의 창고에 쟁여놓지 않으면 안 된다. 내 생애를 스쳐간 역사적인 사건들은 언제 일어났고, 주역들이 누구였고 그게 후세에 어떤 영향을 끼쳤는지, 또는 그 일로 우리 역사가 얼마나 후퇴했느냐 발전했느냐 하는 상반된 견해까지도 문자로 정리돼 있다. 그러나 그 시대의 민초들이 이불속에서 어떻게 활개를 쳤는지, 어떻게 얼굴을 추하게 일그러뜨리고 아부를 했는지, 억울하게 죽은 이의 아내나 어머니가 어떤 원한을 품었는지는 기억에 의지할 수밖에 없다.

내 감수성에 와 닿은 그런 느낌들을 잊어버리고는 그 시대의 분위기를 살려낼 수가 없다. 중요한 건 다 까먹고 시시껄렁한 것들만 잘도 기억하고 있는 것 같지만 실은 일찍부터 소설 쓰는 데 중요한 것만 골라서 기억하고 그 밖의 것은 까먹고 살았는지도 모르겠다. 불필요한 걸 잘 잊어버렸기 때문에 필요한 걸 잘 기억할 수 있었다고도 볼 수 있다. 그러고 보니 학교 다닐 때 준비물을 잘 잊어버린 것도 내가 별로 관심이 없는 학과에 한해서이지 좋아하는 학과까지 그런 건 아니었다. 그렇다고 일부러 그런 것도 아니고, 그냥 무심했을 뿐이다.

나는 건망증이라는 말보다는, 우리 엄마가 붙여준 무심하다는 말이 더 좋다. 중요하지 않다고 생각하는 것에 대한 무심함 때문에 중요하다고 생각하는 것에 대한 유념이나 지속적인 관심이 가능했지 않나 싶다.

노년기의 건망증이나 무심함을 예전엔 노망이라고 했었는데 요새는 치매라고들 한다. 치매라는 말이 생기고부터 노망도 예전처럼 순탄치 못하고 불길하고도 치명적인 공포가 돼 버렸다. 중년층도 건망증에 의한 실수가 몇 번만 거듭되면 주위에서는 물론 본인까지도 대뜸 치매라는 자가 진단을 내리려 든다. 절대로 치매에 안 걸릴 것 같은 저명인사나 꼬장꼬장한 친척 노인들 중에서까지 치매에 걸렸다는 소식이 하도 빈번하게 들리니 암과 치매는 죽기 위한 필수가 아닌가 싶기도 하다.

두 가지 중 하나를 택할 수 있다면 암에 걸리고 싶다고 할 만큼 치매는 본인이나 가족이 다 두려워하는 병이다. 치매라는 말이 생겨나기 전에는 노망을 죽기 전에 정신이 서서히 몽롱해지는 상태 정도로 여겨 그다지 겁을 내지 않았다. 병이 먼저 생기고 나서 병명이 생긴 게 아니라, 병명이 생겼기 때문에 덩달아서 병이 생겨난 게 아닌가 싶은 생각까지 들 지경이다. 우리 나이 또래들이 하도 치매를 두려워하는 걸 보니까 치매 공포증이라는 새로운 병명을 만들어보고 싶은 짓궂은 생각도 해본다. 내가 치매 공포증을 이기는 방법은 지금보다 더 똑똑해지려고 노력하는 게 아니라, 나는 어렸을 때나 소녀 시절에도 뭘 잊어버리기 잘하는 똑똑지 못한 아이였다는 걸 안 잊어버리는 일이다.

병은 아니지만 왕따라는 말도 그 말이 유행함으로써 그런 풍조가 걷잡을 수 없이 확산되는 고약한 유행어가 아닌가 싶다. 학년이 올라가고 학교가 바뀌는 신학기가 될 때마다 혹시 왕따가 될까 봐 전전긍긍하는 건 본인뿐 아니라 엄마들이 더한 것 같다. 가뜩이나 엄마 노릇하기 어려운 세상에 이게 무슨 재앙이란 말인가.

왕따라는 말이 있기 전에도 동무들과 잘 어울리지 못하는 외톨이는 있어왔다. 그러나 끝끝내 외톨이로 남는 아이는 별로 없었다. 비슷한 외톨이를 만나 어울리기도 하고, 고고한 척 특별하게 보여서 도리어 동경의 대상이 되기도 했다. 나야말로 초등학교 5학년까지 외톨이였다. 시골뜨기라고 이지메도 적지 않이 당했으니 요새로 치면 갈 데 없는 왕따였다. 시골뜨기를 데려다 서울의 부자 동네 학교에다 집어넣은 엄마가 원망스럽기는 했지만 외톨이의 설움은 내가 극복해야 할 문제지 엄마가 도와줄 수 있는 문제가 아니었다. 그건 그 시대의 어떤 외톨이도 마찬가지였을 것이다.

처음엔 약아빠지고 세련된 서울 아이들이 부러웠다. 아마 그들을 바라보는 내 눈은 선망과 열등감으로 가득했을 테고, 그게 아이들 특유의 우월감과 집단적인 공격욕을 자극했을 것이다. 예쁜 아이가 운동화를 저만치 내던지며 나한테 주워오라는 명령을 내리기도 했고 그걸 주워 대령하는 수모를 감수하고 나면 아이들은 입을 모아 알나리깔나리, 누구누구는 누구누구 꼬붕이래요 놀려댔다. 내가 비굴하게 굴수록 아이들은 더 나를 놀려먹고 싶어했다.

내가 아무의 도움도 없이 스스로 내 자존심을 회복할 수 있었던 것은 아이들이 놀려먹는 바로 그 시골뜨기라는 것 때문이었다. 학교생활이 재미없으니까 방학만 기다리게 되고 일 년에 두 차례 방학 때 귀향은 나의 가장 큰 낙이자, 다음의 이지메를 견딜 수 있는 힘을 벌충할 수 있는 기회였다.

당시만 해도 바캉스라는 말은 있지도 않을 때였다. 아무리 잘사는 서울 아이들도 방학 동안을 꼬박 서울에서 보냈다. 나는 필시 기차에서 내려 고향땅을 밟으며 아유, 이 공기, 이 땅 기운, 하며 황홀하게 가슴을 울렁거렸을 것이다. 그리고 그런 맛을 모르고 서울 좁은 골목길에서 고무줄이나 하면서 방학을 보낼 서울 아이들을 불쌍해했을 것이다. 그러고 나서 새학기를 맞으면 서울 아이들이 나를 따돌린 게 아니라 내가 그까짓 서울 아이들을 우습게보고 따돌리고 있다는 것처럼 여유를 부릴 수 있는 배짱이 생겼다. 처음에는 일방적이었지만 그렇게라도 해서 서울 아이들과 심정적으로 평등해지니까 공부할 의욕도 생기고, 나도 모르는 사이에 아주 괜찮은 동무도 생겼다.

 따돌리는 친구들을 두려워만 할 게 아니라 그들의 집단적인 소심증을 여유 있게 경멸할 수 있는 늠름한 태도도 왕따를 면할 수 있는 한 방법이라 생각하는데, 글쎄…… 요새 세상에도 그런 고전적인 방법이 통할는지는 잘 모르겠다.

배려

　　　　　유년기의 추석은 '더도 말고 덜도 말고 한가위만 하여라' 그 자체였다. 먹을 것과 입을 것이 귀했던 시절이라 떡과 과실이 풍성하고, 고무신 한 켤레라도 새 것으로 얻어 신는 것이 그렇게 좋았다. 청소년기의 추석도 나쁘지 않았다. 차례를 대낮에 지낸 적도 있다. 집안내 남자들이 이 집 저 집 몰려다니면서 차례를 지내고 우리 집까지 오는 동안이 그만큼 걸렸다. 십촌까지도 집안내로 쳤다. 그 시절의 명절이나 제삿날은 격조했던 친척들이 모여 회포를 풀고 화해하는 날이었다.

　전후에 결혼하고 추석을 겪으면서 여자에게 명절이 결코

즐거운 날이 아니라는 걸 처음으로 알게 되었다. 전쟁 때문에 나는 외딸이 돼버렸는데도 추석 때 친정에 갈 수 없었다. 시댁은 맏이가 아니어서 차례를 큰댁에서 지내고 성묘 가는 인원만도 이십여 명이 넘으니까 나 하나 빠져봐야 자리도 안 날 텐데 기를 쓰고 챙기시는 시부모님이 원망스러웠다. 친정에선 어린 조카 둘이서 달랑 차례를 지내리란 생각에 서글펐지만, 고인을 위한 의식 같은 건 그다지 중요하지 않았다. 살아 계신 어머니가 딸 기른 허망감을 지긋이 안으로 삭이고 계실 것을 생각하면 설움이 지나 분노가 복받쳤다.

우리 자랄 때만 해도 효도를 인간 덕목의 으뜸으로 쳐서 부모 은공을 모르면 금수만도 못하다고 배웠다. 그렇다면 결혼과 동시에 낳아주고 길러주고 사랑해준 부모에 대한 정과 의무는 싹 잊어버리는 게 신상에 편하게 되어 있는 여자라는 존재는 뭔가. 인간도 아니라는 소리와 무엇이 다른가.

나의 시집살이가 한창이던 5,60년대까지는 농촌인구가 칠팔십 퍼센트를 차지할 때여서 지금처럼 귀향전쟁이란 말은 없었다. 도시로 나온 시골사람은 입 하나라도 덜려고 식모살이 내보낸 소녀들이 고작이었다. 나도 그런 처녀를 데리고 있었는데 추석과 구정 두 차례 귀향시켜주는 것은 필수였다. 추석 선물을 챙겨 내려보내면서 내 신세는 그 애만도 못하다는 모멸감에 사로잡히기도 했다. 시부모님이 우리 집에 대한 배려를 하도록 하기까지는 오랜 세월이 걸렸다.

이제 내가 배려를 할 차례가 되었는데, 아들이 없으니 내가 시어머니 되었을 때 어떻게 여자로서의 며느리 입장을 배려하리라 벼르던 것을 할 수 없게 되었다. 그러나 딸들을 위해서도 배려는 할 수 있다고 생각한다. 딸들이 스트레스 안 받도록 안 기다리고 안 섭섭해하는 것이다. 그러나 섭섭하다는 감정 없이 무심하게 명절을 넘길 수 있는 것은 딸들이 보고 싶을 때 볼 수 있는 거리에 사는 때문이기도 하지만, 알게 모르게 날짜나 시간이 겹치지 않게 신경을 써준 사돈댁의 배려도 있었으리라.

명절에 시골에서 서울 자식 집으로 올라오는 부모 또한 자식에 대한 배려라 하겠다. 그러나 선조를 기리고 생존한 부모님께 효도하는 아름다운 전통이 아들 위주인 것만은 변함이 없다. 추석이나 명절 전부터 시댁에 가서 차례 모시고 손님 치를 생각을 하면 미리 몸살이 날 것 같고, 연휴가 긴 것까지 끔찍스럽게 여겨진다는 며느리들이 적지 않은 것도 단지 일하기 싫어서만은 아닐 것이다. 남편을 사랑하면 당연히 그의 선조나 부모에 대해 효도하는 마음이 우러나는 줄 아는 여자에 대한 왜곡을 못 참아서가 아닐까.

지금 같은 출산율의 추세라면 앞으로는 외딸과 외아들이 결혼하는 일은 전체 결혼의 반수에 가까워질 듯하다. 양가가 다 같은 날 차례를 고집한다면 딸 노릇 며느리 노릇 사이에 끼어 여자들이 받을 스트레스는 더욱 심각해질 것이다. 아들 가진 쪽의 지혜로운 배려가 있다면 부부가 따로 각자의 부모를 찾아가거나 여자는 시가로 남자는 처가로 가는 교처방문도 가능한 일이 되지 않을까. 여기서 구태여 아들 가진 부모라고 한 것은 아직은 그들이 기득권자이기 때문이다. 또한 나이 탓인지 아무리 옳지 못한 전통도 일순에 달라지게 하는 것은 믿지 못하기 때문이다.

오르막보다는 내리막에 품위 있기가 더 어렵다.

4 내리막길의 어려움

하찮은 것에서 배우기

지난여름엔 비가 많이 왔다. 장마다운 장마가 지기도 전에 올여름 장마는 끝났다는 일기예보가 있고 나서 곧 연일 엄청난 비가 내렸다. 장마가 아니라 게릴라성 호우라고 했다. 예측을 못했으니까 게릴라일 수밖에 없으려니 하면서도 신조어를 따라잡기가 참으로 버겁다.

더위와 비 때문에 지겹기만 하던 여름도 가고 보니 순식간이었다. 백일홍 분꽃 채송화 봉숭아 한련 따위 여름 화초들이 게릴라성 호우에 거의 쓰러지거나 녹아 없어져버리고 남아 있는 것도 추레해졌다. 바로 안방 문밖에는 옥수수도 몇 포기 심었는데 겨우 씨만 건지고 한 개도 따먹진 못했다. 될 만한 장소가 아니었는데도 여름내 그대로 놔둔 것은 빗소리 때문이었다. 옥수수잎이 곧 비를 몰고 올 수상쩍은 바람에 불안하게 웅성거리는 소리나, 굵은 빗방울에 와삭거리는 소리를 듣고 있으면 내가 태어나고 자란 유년의 방에 돌아와 있는 것 같은 착각을 하게 된다. 그러나 수확보다는 소리를 위해, 착각을 위해 옥수수를 심은 나의 감수성은 얼마나 아니꼽고 도시적인가.

지금 그 옥수수는 자취 없고, 옥수수에 짓눌려 기를 못 펴던 칸나가 마지막 꽃을 붉게 피우며 그 풍성한 잎을 너울대고 있다. 그러나 어느 날 하룻밤만 된서리가 내려도 속절없이 흙으로 침잠할 것들이다. 봉숭아는 늙어 수명을 다하면서 흩뿌린 씨에서 무수한 어린 싹이 봄이런 듯 돋아나고 있다. 그 철모르는 것들을 솎아주지 않고 내버려두었더니 한 뼘도 자라기 전에 서둘러 신생아 입술만 한 꽃을 피운 것도 있다. 계절의 순환이 얼마나 엄혹하다는 걸 그 철없는 것들도 알아버린 모양이다. 그 조급증이 애처롭다.

더위와 비바람을 견디어낸 백일홍 맨드라미 샐비어는 아직도 붉은빛이 덜 퇴색했지만 그 안에 스민 적막을 속일 수는 없다. 장미도 이제는 끝물인가 보다. 빛깔은 여름보다 더 요요하나 연달아 필 봉오리를 거느리고 있지 않다. 그 얼마 남지 않은 꽃들을 탐해 벌들이 여름보다 더 많이 모여든다. 산과 들의 야생꽃들이 거의 사라지자 우리 마당에서 마지막 단물을 탐하는가 보다. 그러나 곤충들도 완연히 기운이 빠져 그렇게 왕성하게 웅웅대던 벌들조차 양지쪽 벽에 늙은 파리처럼 붙어 있다가 힘없이 떨어져 발에 밟히고 만다. 끝물 노란 장미가 하도 정교하길래 가만히 코를 대보니 그 안에 벌이 두 마리 들어 있다. 죽은 건 아닌데 건드려도 날지 못한다. 그 안에서 임종을 맞으려나.

내가 요새 마음 붙이고 사는 것들이 이렇게 하찮고 속절없는 것들이다. 그러나 내가 이런 사치를 누려도 되는 것일까. 문득 겁이 날 정도로 그런 것들은 다 나에게 넘치는 것들이다. 나이 든 사람들은 건강하라든가, 젊어 보인다는 걸 가장 큰 덕담으로 치지만 나이보다 젊지도 늙지도 말고 나이만큼 살아가는 게 가장 큰 건강이라는 것도 그 보잘것없는 것들한테 배운 지혜다.

요새도 여전히 비가 잦다. 봄비는 하루가 다르게 나무에 물을 올리더니 가을비는 하루가 다르게 조락을 재촉한다. 마당에서 지금이 절정인 것은 국화밖에 없다. 간밤의 비로 쓰러진 남쪽 울타리 밑의 국화를 일으켜 세우려다가 고개를 들어 아차산을 바라본다. 우리나라 정치가들은 최고의 권좌까지 올랐던 분들도 다 시골 출신들인데 왜 그 자리에서 물러난 후 낙향하는 분이 없을까, 문득 이상해진다.

서울에서 뚝 떨어진 시골에서 호젓이 살면 왕년의 추종자들을 줄줄이 거느리고 관리하지 않아도 되고, 그럼 저절로 생활이 단순소박하게 되고 생활비도 덜 들어 연금만 가지고도 쓰고 남을지도 모른다. 그렇다면 구태여 재직시에 그 많은 돈을 무엇하러 챙기겠는가. 권좌에서 물러난 분의 정직한 회고록을 우리가 아직 보지 못한 건 그런 분들 중 낙향하는 분이 없다는 것과도 관계가 있을 성싶다.

내리막길의 어려움

　　　　　　　숙부의 회갑 때였으니까 아마 60년대 초
였을 것이다. 숙부하고 숙모하고 회갑여행을 간 데가 속리산
이었다. 그때만 해도 법주사까지 가는 길이 버스로도 어찌나
꼬불꼬불 험하던지 두 분은 자주 간이 콩알만 해졌노라고 했
다. 첫날은 법주사 구경을 하고 다음 날은 숙부가 앞장서서
문장대까지 올랐다. 나는 문장대라는 데를 올라본 적이 없지
만, 회갑이라고 자식들이 모양내준 신사복에 새 구두 신은 숙
부와 긴 치마에 고무신 신은 숙모가 정상까지 올랐으니 그다
지 높은 산은 아니었다 싶다.

　그런데 내리막길에 문제가 생겼다. 앞장서서 건강을 과시

하던 숙부가 내리막길에서는 갑자기 다리에 뼈가 없는 것처럼 흐느적대더니 도저히 못 내려가겠다고 주저앉은 것이다. 하필 거기서 중풍이 온 줄로만 안 숙모는 어쩔 줄을 몰라 그냥 큰 소리로 도움을 청했다. 그때만 해도 요새처럼 등산객이 많지 않을 때였고, 또 평일이어서 주위에 아무도 없을 줄 알았는데 계속해서 죽자구나 울부짖자 하나둘 사람들이 모여들기 시작했다.

숙모는 그때 얘기를 할 때마다 "야아, 그 산꼭대기도 사람 사는 세상이더구나."라는 소리를 잊지 않았다. 사람들 중에도 젊은 학생들이 서로 힘을 합해 번갈아가며 숙부를 업고 어느 만큼 내려오니까 매점이 나오고 매점까지 상품을 운반하는 차가 있어 그걸 얻어 타고 여관까지 돌아올 수가 있었다. 아마 요새 같으면 119를 부를 만한 사건이었지만 그 시절에는 여관까지 돌아오는 게 고작이었고 자식들한테 급히 연락을 하려고 해도 전화를 놓고 사는 자식이 없어서 다음 날 직장으로 전화할 작정으로, 그날은 고단도 하고 긴장도 풀려 잘 주무셨다고 한다.

숙모가 깨보니 숙부는 아무 일도 없었던 것처럼 바깥을 산책하고 있었다. 숙모는 안심도 되었지만 화도 나서 도대체 무슨 생각으로 그런 엄살을 부렸느냐고 숙부를 다그쳤다. 숙부는 절대로 엄살이나 꾀병이 아니라 그때는 정말 두 다리의 뼈가 지느러미가 된 것처럼 흐느적대 한 발자국도 뗄 수가 없었다고 우기더란다.

 어떻게 그런 일이 있을 수 있었는지 나도 회갑을 넘기면서 비로소 이해하게 되었다. 나이 들수록 오르막길보다 내리막길이 더 어렵고 발목이나 무릎에도 부담이 더 간다. 가끔 나보다 젊은 사람들하고 산에 갈 적이 있는데 그들한테 지지 않으려고 오르막길에 기운을 다 써버리면 내려올 때 다리가 휘청거려 누군가의 도움을 받아야 한다. 제 힘으로 당당하게 걸어 내려오려면 올라갈 때 힘을 다 써버리지 말고 남겨놓아야 한다. 등산에 있어서만 아니라 권력이나 명예, 인기에 있어서도 오르막보다는 내리막에 품위 있기가 더 어렵다는 걸 전직 권력자들의 언행을 보면서 곰곰이 느끼게 되는 요즘이다.

시냇가에서

　　　　　　용기를 내어 아파트 생활을 청산하고 산이 있고 시냇물이 있는 교외의 땅집으로 이사를 하고 나니 그렇게 좋을 수가 없었다. 복중에도 아침저녁으로는 살갗에 와 닿는 바람이 심심산중의 샘물처럼 정신이 반짝 나게 차가왔고, 밤이면 소쩍새 울음소리 처량했고, 새벽이면 온갖 잡새들이 모습을 드러내지 않은 채 제각기의 목소리로 재잘댔고, 시냇물은 온종일 평화롭게 속삭였다. 내가 이런 사치를 누려도 되는 것일까. 너무도 과분하여 새집으로 이사하면서 가구 하나도 새로 장만하기가 싫었다. 그러나 웬걸, 그렇게 나직하고 명랑하게 속삭이던 시냇물이 폭우가 계속되면서 난폭한 탁

류로 돌변해 밤새도록 무시무시한 굉음을 내기 시작했다. 여기저기서 하천이 범람하고 저지대가 침수되면서 엄청난 수의 수재민과 실종 사망자까지 생겨나고 있다는 긴급 뉴스가 정규방송을 제쳐놓고 온종일 계속됐다. 내가 맑고 예쁜 시냇가에 살게 된 것을 부러워하던 친지들이 예서제서 별일 없느냐고 안부전화를 해왔다. 나는 그들을 안심시키느라 내가 사는 데는 상류 쪽이니까 아무 걱정도 없다고 대답하곤 했다.

실상 우리 집은 상류라기보다는 중류쯤에 위치해 있었지만 범람의 위험은 거의 없어 보이기에 안심시키느라 그렇게 말한 거였다. 그러나 우리 집은 상류니까 걱정 말란 소리를 반복하는 사이에 상류사회니 상류계급이니 하는 말도 강을 끼고 발달한 농경사회에서 안전지대에 사는 주민들이 즈네들은 상습 피해지역인 저지대에 사는 주민과는 다르다는 걸 나타내려는 데서 비롯된 말이 아닌가 싶은 생각이 들었다. 또 새로 집 장만할 때는 농민들까지도 어떻게든 아파트를 사고 싶어하는 까닭도 알 것 같았다. 고층아파트야말로 홍수를 비롯한 자연재해로부터 가장 안전한 上之上流의 주거지니까.

그러나 시류를 역행해서 자연을 보다 가까이 느낄 수 있는 하류로 이동한 걸 후회하는 마음은 없다. 오히려 이 작은 시냇가에서 이번 폭우를 겪으며 이런 조그만 지류를 통해서도 마구잡이 개발의 영향과 상류에 사는 건 혜택이 아니라 엄중한 책임이라는 걸 총체적으로 일목요연하게 볼 수 있었다는 걸 자연의 또 다른 혜택이라 여기고 감사하고 있다.

자연은 우리에게 혜택을 주는 대신 대가를 요구하고 있다. 상류에서 지목을 변경해 논을 밭으로 만들거나 나무를 베고 택지를 조성해놓은 데서는 어김없이 엄청난 양의 토사를 강으로 유입하면서 폭포수를 만들어 시냇물을 길길이 날뛰게 했고, 하류로 갈수록 중상류에서 마구 버린 생활용품 비닐 쪼가리들이 뿌리 뽑힌 나무들과 함께 남루하고 추악하게 교각에 걸려 흐름을 방해하면서 저지대에 배수를 원활치 못하게 하고 있었다.

장마 전에 고향으로 휴가를 떠났다가 연일 폭우가 계속될 때 돌아온 친구 말이 생각났다. 그의 고향은 시뻘건 황토땅인데 도로를 낸다, 개발을 한답시고 여기저기 산허리를 잘라놓은 자리가 하도 선연하게 붉어서 마음이 짠하더니 폭우가 쏟아지면서 거기서 토해내는 흙탕물 또한 어찌나 시뻘겋던지 영락없이 산천이 엄청난 출혈을 하고 있는 것처럼 끔찍해 비명을 지르고 싶더라고 했다. 피서고 뭐고 다 망쳤지만 고향산천과 더불어 같이 아파하고 같이 신음한 것 같아서 다녀오길 참 잘한 것 같다는 소리도 덧붙였다. 이번 비는 하늘의 일이 아니라 상처받았으니 피 흘릴 수밖에 없는 땅의 일이 아니었을까.

눈독, 손독을 좀 덜 들이자

시골에서 태어났기 때문에 어려서부터 많은 꽃을 보며 자랐다. 앞뜰 뒤뜰뿐 아니라 담 모퉁이나 뒷간 가는 길에도 채송화 금잔화 봉숭아 맨드라미 분꽃 한련 따위가 지천으로 피고 졌다. 따로 씨 뿌리지 않았는데도 집 근처엔 어디든지 그런 것들이 자랐기 때문에 산과 들에 민들레나 자운영 제비꽃이 저절로 나는 것처럼 그런 것들은 사람 사는 마을엔 저절로 나는 줄 알았다.

흔한 것에 무심하듯이 꽃도 흔하니까 예쁘다는 생각도 별로 안 했다. 그중에서도 그다지 예쁠 것도 없는 분꽃이 제일 신기했던 것은, 모든 꽃들은 어느 틈에 피는지 모르게 피는데 분꽃만은 어김없이 해 지기 전, 집집마다 저녁거리 보리방아를 찧을 때 피기 때문이었다. 시계가 따로 없는 촌이라 어른들도 분꽃 봉오리가 벙싯해질 무렵이면 딴 일손을 놓고 보리방아를 찧기 시작했는데 꼭 분꽃이 보리방아 소리 때문에 피는 것처럼 보였다.

피는 때가 정확할 뿐 아니라 속도도 하도 빨라 분꽃만은 피는 모습을 직접 눈으로 확인할 수도 있을 것 같아 지키고 앉았기를 여러 번 했지만 한 번도 어떻게 꽃잎이 벌어지는지를 본 적은 없다. 내가 잔뜩 눈독을 들이고 있는 동안에는 절대로 꽃봉오리들이 벌어지지 않는 것이었다. 참을성이 부족한 나머지 벌어질 듯한 꽃봉오리를 손으로 벌려보기까지 했지만 허사였다. 손으로 억지로 벌린 꽃은 곧 시들고 말았다. 어른들은 그런 나에게 꽃은 어느 틈에 피는 것이다, 손독이나 눈독이 들면 꽃이 제대로 필 수 없는 거라고 넌지시 일러주곤 했다.

사람도 너무 눈독이나 손독이 들면 아무리 좋은 자질을 가지고 태어나도 제대로 꽃피기 어렵다는 생각을 요즘 종종 하게 된다. 나 자신의 성장과정을 돌이켜보아도 내적인 중요한 변화나 정신의 성장은 어느 틈에 일어나는 것이지 계획적으로 되는 것도, 지속적인 간섭으로 되는 것도 아니다. 나쁜 자질뿐 아니라 좋은 자질도 부쩍 성장하기 위해선 어떻게든 뚫고 나갈 틈을 엿보게 된다. 어느 틈에 자랄 수 있는 돌파구랄까, 자유로운 통로를 마련해주는 것도 교육이다.

요새는 아이를 하나나 둘밖에 안 낳기 때문에 다들 왕자님 공주님처럼 기른다. 충분한 영양으로 체격이나 외모가 예전보다 출중해진 건 사실이나, 가족이나 친구에 대한 사랑의 능력, 타인을 배려하는 공중도덕감이나 정직성, 정의감 등 기본적인 사람됨은 함량 미달을 지나 황폐한 느낌마저 들게 한다. 마치 눈독 손독이 너무 들어 말라비틀어진 꽃봉오리처럼.

이렇게 지나치게 눈독 들여 기른 자식이고 보니 학교에 보냈다고 마음이 놓일 리가 없다. 등하굣길에 한눈팔 틈도 주지 않고, 학교에서도 선생님이 자기 자식에게 눈길 한 번이라도 더 주기를 바라 돈봉투를 건넨다. 없는 돈을 쪼개어 과도한 돈봉투를 건네고도 마음을 못 놓는 부모 마음은 처절하기까지 하지만 아무리 좋은 선생님도 모든 아이를 다 일등을 시킬 수는 없는 것은, 아무리 훌륭한 정원사도 진달래로 태어난 가장귀에서 장미꽃을 피게 할 수는 없는 것과 같다.

장미는 장미다울 때, 진달래는 진달래다울 때 가장 아름다운 게 자연의 섭리인 것처럼 교육의 목적은 사람을 사람답게 키우는 것이다. 학교는 사람 되는 데 필요한 영양소 중 지적인 몫을 더 많이 담당하고 가정은 정서적인 몫을 더 많이 담당하고 있다는 차이점은 있으나, 공동의 목표를 가진 협력자 관계라는 것을 잊지 말아야 할 줄 안다.

우리 마당의 부활절 무렵

　　　　　　　　딸애하고 같이 우리 마당에 피는 꽃이 몇 가지나 되나 세본 적이 있는데 백까지 헤아리다가 말았다. 백 가지가 넘는다는 애기니까 남이 들으면 대정원을 떠올리겠지만 백 평도 안 되는 마당이다. 내가 가장 자랑스러워하는 나무는 가장귀가 거침없이 자유스럽게 뻗은 살구나무다. 우리 마당에 있는 나무 중 가장 크고 잘생긴 나무인데 허우대 값을 하느라 해마다 살구를 한 가마니도 넘게 담 안과 담 밖으로 떨구어준다.

　우리 동네는 산골이라 봄이 도심보다 늦다. 살구꽃도 아직은 활짝 피기 전이어서 마치 진분홍 망사를 쓰고 있는 것처럼 보이지만 이번 주일 안에 만개하면 환장을 하거나, 벗을 부르지 않고는 못 배기게 비현실적인 황홀경을 연출할 것이다. 큰 나무니까 눈에 금방 들어오고 자꾸 바라보게 되니 꽃필 날을 기다리게도 되지만 그 그늘에는 피는 줄도 모르게 피어난 풀꽃들이 수줍게 숨어 있다. 제일 먼저 피어난 게 제비꽃하고 금강제비꽃이다. 나는 그런 것들의 싹이 올라오는 걸 본 적이 없건만 어느 날 갑자기 그것들은 이미 예쁜 꽃을 매달고 있었다. 내가 백 가지도 넘는다고 말한 것은 그런 하찮은 들꽃 종류까지 합한 숫자이다.

 가을에 씨를 거둔 바도 없고 뿌리가 얼어 죽을까 봐 근심한 적도 없건만 그런 것들은 제가 죽은 맨땅을 헤집고 비밀의 속삭임처럼 조용하고 은밀하게 봄을 알려왔다. 나는 그것들 때문에 비로소 마당을 여기저기 둘러보게 되었고, 붓끝처럼 뾰족뾰족 올라오는 작약과 은방울꽃의 어린 싹과도 만나게 되었다. 작년에 일년초를 심었던 화단은 아직은 아무런 기척도 없는 딱딱한 맨땅이지만 곧 작년에 한련이 피었던 자리에선 한련이, 분꽃이 피었던 자리에선 분꽃이, 채송화가 피었던 자리에선 채송화가 어김없이 돋아날 것이다.

 나는 그것들의 씨앗이 땅속에서 마음껏 기지개를 펴며 봄볕을 느낄 수 있도록 호미로 살살 땅을 부드럽게 일궈주었다. 나의 그런 짓 때문에 채송화씨와 분꽃씨가 있던 자리를 바꾸었을지도 모른다. 그러나 채송화씨에서 분꽃의 떡잎이 나오는 일은 없을 것이다. 작년 겨울에도 그랬고 재작년 겨울에도 그랬고 겨울 동안 살구나무는 시커멓고 무뚝뚝했다. 옆에 있는 다른 나무나 숲속의 겨울나무들과 구별이 안 됐다. 그러나 봄 되면 그 나무에서 살구꽃이 피고 열매 맺고 그리고 여름 되면 그의 무성한 이파리로 그늘을 만들어줄 것을 한 번도 의심하지 않았다. 그 나무는 처음부터 살구나무였고 해마다 그 나무에선 살구꽃만 피었기 때문이다. 아무리 하찮은 것들도 생명 있는 것들은 타고난 사명대로 살다가 죽고 자기 죽음을 통해 거듭난다.

냉이꽃 한 송이도 제 속에서 거듭납니다/ 제 속에서 거듭난 것들이 모여/ 논둑 밭둑 비로소 따뜻하게 합니다/ 참나무 어린 잎 하나도 제 속에서 거듭납니다/ 제 속에서 저를 이기고 거듭난 것들이 모여/ 차령산맥 밑에서 끝까지 봄이게 합니다.
(도종환의 시 「냉이꽃 한 송이도 제 속에서 거듭납니다」 중에서)

앞으로는 사람이 백오십 세까지도 살 수 있으리라고 한다. 나도 물 맑고 공기 좋은 곳에서 팔구십 세까지 장수하면서 정정하게 농사일을 하는 노인을 뵌 적이 아주 없는 것은 아니다. 그런 노인의 소박하고 당당함은 오래된 마을의 정자나무처럼 보기 좋았다. 그러나 선진국일수록 평균수명이 길어지

는 걸 보면 통계상의 장수에 이바지한 것은 자연에 순응하는 생활이라기보다는 과학, 특히 의학의 발달로 봐야 할 것 같다. 질병의 조기 발견과 좋은 치료제로 인간이 거의 천수를 누리게 된 것은 고마운 일이나 얼마까지를 천수로 봐야 하느냐는 거동할 수 있는 체력과 함께 기억력, 판단력, 타인에 대한 사랑의 능력 등 정신력도 봐야 하지 않을까.

더군다나 백오십 살까지 살려면 중간에 노후한 기계의 부품을 갈듯이 못쓰게 된 장기를 타인의 장기나 인공적인 기계장치로 몇 번씩 대체해야 할지도 모른다고 한다. 그렇다고 기억을 저장할 수 있는 두뇌까지 대체할 수는 없을 테고 설사 그게 가능하다고 해봤자 남의 기억력으로 사는 게 어떻게 나의 삶이라고 할 수 있을까. 또 그렇게 해서 오래 살려면 막대한 돈이 들 테고 부자는 오래 살고 가난한 사람은 일찍 죽는 끔찍한 세상이 올지도 모른다. 사회적인 부양능력도 생각해야 한다. 생명 있는 것들은 하나같이 오래 살고 싶어한다. 백오십 살을 살아도 아마 더 살고 싶을 것이다.

그래 영원히 살려무나. 하느님이 허락하신 천수는 아마 영원일 것이다. 거듭남의 영원한 순환, 단 죽지 않고는 거듭나지 못한다. 만물의 영장이라는 인간이 그 면에서는 냉이꽃만도 못한 것 같다.

내가 가장 좋아하는 덕담

어렸을 적부터 엄마는 내가 장차 선생님이 되길 소원하셨다. 가난한 환경에서도 딸을 최대한 기죽지 않게 기르셨는데 그건 장차 내가 선생님이 될 아이라는 엄마 나름의 전망과 무관하지 않았을 것 같다. 그러나 내가 엄마의 소원에 동의하게 된 것은 초등학교 고학년이 되고 나서부터고 저학년 때는 엄마의 욕심이 버겁기만 했다. 시골서 갑자기 상경하여 미처 촌티를 벗을 새 없이 들어간 서울 학교 아이들은 모두 예쁘고 똑똑해서 나 같은 시골뜨기는 거들떠도 안 봤으니 더군다나 선생님이 얼마나 높아 보였는지는 아마 요새 아이들은 상상도 못할 것이다.

선생님은 변소도 안 가는 줄 알았다. 도저히 오르지 못할 나무였다. 선생님이 두려워서 눈에 안 띄는 것만 수로 알 적엔 공부도 못했다. 고학년 때 칭찬에 후한 선생님을 만난 덕분으로 공부를 조금씩 잘하게 되었고 선생님 앞에서 주눅도 덜 들게 되었다. 엄마가 시켜서가 아니라 비로소 내 마음에서 우러나 선생님이 되고 싶어졌다. 6·25 전쟁만 나지 않았다면 나는 아마 엄마의 소원대로 선생님이 되었을 것이다.

내가 엄마가 되어 딸들을 기를 때만 해도 여성이 할 수 있는 직업의 종류가 다양해졌을 때라 아이들이 장차 되고 싶은 것도 이랬다저랬다 변덕을 거듭했다. 그래도 저학년 때는 선생님이 장차 되고 싶은 것 3위 안에 꼭꼭 들다가 고학년이 되면서 슬그머니 열없어지고 마는 나 자랄 때와는 정반대의 현상을 보면서 속으로 안타까워하던 생각이 난다. 그건 직업이 다양해져서라기보다는 입시위주의 교육(중학교도 시험 봐서 들어갈 때)으로 인성교육보다 어떻게든지 일류중학교에 많이 집어넣는 교사를 학부형이 선호하게 된 때문이고, 교사에게 힘을 실어준답시고 생겨난 촌지에서 비롯된 치맛바람이 선생님의 권위를 떨어뜨려 아이들까지 선생님을 얕잡아보기 시작한 것과 같은 현상 때문이었다.

촌지에 따라 아이들을 차별하는 선생님이 있는가 하면 내가 오죽해야 이 노릇을 해먹겠느냐고 아이들 앞에서 공공연히 자신의 직업을 비관하는 선생님도 있었다. 스스로 비하하는 직업을 누가 되고 싶어하겠는가.

요새는 거의 마무리 단계로 접어들었지만 작년 11월경부터 장장 삼 개월 동안이나 대학입시와 발표가 계속되고 있다. 오래 걸리는 그 복잡다단한 지원과 선발과정은 나 같은 늙은이는 아예 이해를 포기해야 할 만큼 난해하다. 그래도 친지나 친척의 자녀 중 입시생이 있으면 어디 원서 넣었느냐고 물어보게 되고 아무쪼록 합격을 바라는 덕담을 하게 마련이다. 평소 공부 잘하기로 소문난 친척 손녀뻘 되는 아이가 명문대에 합격을 했는데 알고 보니 꼭 사대를 가서 선생님이 되고 싶다는 걸 그 애의 딴 가능성을 아깝게 여긴 부모가 권해서 인문계를 갔다는 것이다.

비록 사대를 못 갔지만 꼭 선생님이 되고 싶으면 인문계를 나와도 얼마든지 가능할 것이다. 나는 선생님이 되고 싶다는 그 애가 참으로 복받은 아이라는 생각이 들었다. 지금까지 쭉 본받고 싶을 정도로 좋은 선생님을 만났으니까 선생님이란 직업을 동경하게 되었을 것 같아서다.

이 세상에 나쁜 선생이 어디 있느냐고 생각할 수도 있겠으나 아이들 앞에서 노골적으로 돈을 밝히는 선생님도 좋은 선생님이랄 수 없지만 가장 그래서는 안 되는 선생님은 악담을 하는 선생님이 아닐까. 내가 들은 어떤 선생님은 입학원서 쓸 때 제자가 자기가 가라는 대학 말고 딴 대학을 가겠다고 하자 절대로 원서를 못 써주겠다고 우기다가 나중엔 학부형까지 나서서 겨우 써주긴 했는데, 너 얼마나 잘 되나 내가 끝까지 지켜볼 테니 그런 줄 알라는 저주를 퍼붓더라는 것이다. 그게 그 어머니 가슴에 못이 되어 그 대학을 붙었는데도 그 후 조금이라도 안 좋은 일이 생길 때마다 그 악담이 생각나서 가슴이 내려앉는다고 했다.

선생님의 덕담 한마디, 넌 공부는 좀 뒤지지만 부지런하고 심성이 착하니 신임과 사랑을 받는 사회인이 될 거라는 정도의 덕담이라도 그 아이의 일생을 밝게 비출 수 있는 거라면 독한 악담의 폐해 또한 짐작할 만하지 않은가. 선생님이 가장 자주 해야 하는 것이 덕담이라면 절대로 해서는 안 되는 게 악담이라고 생각한다.

내가 가장 좋아하는 덕담은 예수님의 덕담이다. 당신의 기적의 힘으로 병을 고치시고도 내가 고쳤다고 생색을 내지 않고 '네 믿음이 너를 낫게 하였다' 그 말씀이 그렇게 듣기 좋을 수가 없다. 약한 인간에게 잠재한 믿음의 능력에 대한 자신감을 일깨워주는 것 이상의 덕담이 어디 있겠는가.

세기말이 있긴 있나

　　　　　　　　　　나는 30년대 생이고, 그때 우리의 평균 수명은 사십 몇 세였다. 회갑을 넘긴 노인은 친척이나 마을에서도 희귀했고 오십만 넘어도 허리가 휘고 이가 빠져서 그 나이까지 산다는 건 생각만 해도 끔찍했다. 철이 들고 어미가 된 후에도 내 자식들 공부 마치고 결혼시킬 때까지가 내가 살고 싶은 최대한이었기 때문에 두 세기에 걸쳐서 살 수 있으리라곤 꿈에도 몰랐다. 그러나 어떤 돌발사고가 없는 이상 두 세기에 걸쳐서 사는 걸 피할 수 없게 되었다.

　나는 칠십대란 나이가 싫고 내 계획에 없던 새로운 세기가 좀 무섭다. 운전도 못하는 주제에 대중적인 교통수단 내의 핸드폰 통화 소리가 지겹고, 밤새도록 사이버 세계에서 노닐다가 등교시간에 허둥대는 손자가 이방인처럼 낯설다. 아무리 세기가 바뀐다 해도 그런 것들을 내가 공유할 수 있을 것 같지 않다. 비록 컴퓨터로 글을 쓴다고는 하나 그건 나에게 필기도구가 좀 더 편한 걸로 바뀌었다는 것 외의 의미를 지니지 못한다. 물건이고 모임이고 온통 밀레니엄 자가 붙어 다니는 걸 보면 새로운 세기란 새로운 시간이 아니라 새로운 상품일 뿐이라는 생각도 든다.

앞으로 무슨 꼴을 더 보게 될지 두려워질 때마다 깊은 골짜기처럼 몇백 년을 변화 없이 고여 있던 농경사회에서 끌려나와 '칙칙폭폭' 괴수처럼 검은 입김을 토하며 달리는 거대한 증기기관차를 타고 도시로 향하던 유년기를 회상하면서 자위하곤 한다. 그때 그 어린 계집애는 불과 몇 시간 동안에 몇 세기도 훌쩍 뛰어넘었노라고.

지금 창밖의 겨울나무들은 앙상하지만 의연하다. 나무들의 마지막 허영인 단풍의 시간은 꽃의 영광만큼 짧았다. 모든 영광과 허식을 벗어던진 나무의 아름다움, 겨울 숲의 적요가 마음에 스미는 물빛 새벽에 한 잔의 커피는 나의 일상에서 빼놓을 수 없는 낙이다. 커피 취미는 점점 까다롭고 복잡해져 이제는 인스턴트보다는 원두커피가 입에 맞고, 원두를 갈 때의 소리와 냄새까지도 좋고, 뽑아낼 때의 향기로 헤이즐넛인지 블루마운틴인지 아이리쉬인지 알아맞힐 수 있는 코가 나를 으쓱하게도 한다. 무엇보다도 한 잔의 커피가 주는, 머리가 쨍하니 투명해지는 듯한 각성의 시간과 은은한 평화를 좋아하고 행복이 별건가 바로 이게 행복이지 싶은 충족감을 좋아한다.

그러나 내가 가장 좋아하는 음식은 무청 데친 것에다 멸치 넣고 된장 좀 풀어서 뚝배기에 보글보글 끓인 것이다. 그 시커먼 우거지 줄거리를 서리서리 밥 위에 얹어서 먹는 맛과 바꿀 수 있는 진미를 나는 아직 모른다. 나는 싱싱한 무청만 보면 길이나 시장 모퉁이에서도 그냥 지나치질 못하고 주워 담는다. 싱싱한 무청이라고 다 맛있는 건 아니다. 나는 어떤 무청이 맛있는지 손으로 만져보면 당장 안다. 그냥 데쳐서 맛있는 것도 있고 껍질을 벗겨 데쳐야 먹을 만한 것도 있다.

IMF에서 벗어난 건지, 새천년에 대한 기대 때문인지, 올 연말엔 유난히 모임이 잦다. 초대받았다고 다 가는 것도 아닌데 어제는 점심 저녁을 모두 양식을 먹는 호사를 누렸다. 그러나 밤에는 속이 편치 않아 잠이 안 왔다. 과식한 것 같기도 하고, 배가 고픈 것 같기도 한 종잡을 수 없는 느낌이었다. 부엌에 나와 냄비 뚜껑을 이것저것 열어보니 마침 무청 우거지를 멸치 넣고 지진 된장찌개가 남아 있었다. 그걸 몇 줄기 맨손으로 집어먹는 맛이 그렇게 좋을 수가 없었다. 들뜬 소화기관이 제자리에 정비된 것처럼 개운해졌다. 그 맛은 내 궁핍한 시대의 기억인 동시에 궁핍할 때도 불행하지만은 않았다는 기억이기도 하다.

  커피와 우거지를 동시에 신봉하는 내 몸의 이중성이 가소롭기도 하지만 대견하기도 하다. 그만하면 새천년이 나에게 허락한 시간도 허위단심 적응할 수 있을 것 같아서이다. 내가 불안해하는 건 새천년이 아니라 내 몸의 칠십대였던 것이다. 시간, 지는 형체도 마디도 없으면서 우리 몸엔 어김없이 마디를 긋고 지나가는구나.

우리의 저력

기온이 같은 영상 십 도라 해도 가을의 십 도와 봄의 십 도가 그렇게 다를 수가 없다. 가을에 살갗에 와 닿는 바람은 소슬하고 봄바람은 훈훈하다. 창밖으로 햇볕을 바라보고 있어도 가을에는 그 엷어짐이 보이는 듯하여 옷이라도 한 겹 더 껴입고 싶지만, 봄에는 도타워지는 게 보이는 듯하여 문득 내복을 벗고 싶어진다. 가을에는 마음이 움츠러들다가도 봄에는 활달해진다. 가을에는 추억 속으로 침잠하게 되고, 봄에는 희망을 위해, 미지未知를 향해 부풀어 오르기 때문이다. 달력이 그렇게 시키는 게 아니라 바람이 햇볕에 그렇게 하라 부추긴다.

대동강 물이 풀린다는 우수가 지났건만 우리 집 창문으로 바라보이는 풍경에는 아직 아무런 변화도 없다. 제일 먼저 꽃 망울을 터뜨리는 산수유도 목련도 아직 겨울나무 그대로처럼 보인다. 그러나 그 가지 끝에 머문 햇볕이 얼마나 짓궂게 꼼지락대며 나무의 깊은 잠을 흔들고 있는지는 육안으로도 고스란히 보인다. 아마 지금 깨어나고 싶은 건 나무가 아니라 나 자신인지도 모르겠다.

겨우내 갈색 잎을 달고 있던 낙우송落羽松도 아직 그 누더기를 벗지 못하고 있다. 참 딱한 나무다. 나는 그 나무를 누더기 나무라 불렀었다. 침엽수인데도 상록수는 아니어서 가을에는 아주 짙은 갈색으로 잎이 변하건만 낙엽지지 않고 그냥 달고 있다. 그게 마치 누더기를 걸치고 있는 것처럼 누추해 보여서 그렇게 부르며 좀 미워했었다.

겨울나무가 봄이나 여름 가을 나무 못지않게 아름답다는 걸 안 것은 나이 든 후였다. 겨울에 길 가다가도 문득 가로수를 쳐다보면 그 섬세한 가지 끝까지 낱낱이 드러난 벌거벗은 모습에서 감동에 가까운 기쁨을 느끼곤 했었다. 어떤 나무든지 잎이나 꽃을 완전히 떨군 후에도 오히려 더 조화롭고 힘차 보이는 게 그렇게 신기해 보일 수 없었다. 그런데 내가 누더기 나무라 부른 나무는 겨울에 청청할 수 있을 기개도 없으

면서 한 번쯤은 자기 진실을 고스란히 드러낼 자신도 없는 게 비굴해 보이기까지 했다. 그래서 그렇게 나쁜 별명을 붙여주었는지 모르겠다.

그 누더기 나무가 낙우송이라는 걸 안 것은 우리 집에 온 손님을 통해서였다. 거실에서 밖을 내다보던 손님이 그 나무를 바라보며 "어머 저기 낙우송이 있네"라고 마치 아는 사람을 만난 것처럼 말했다. 그가 덧붙이는 말로는 잎이 질 때 깃털처럼 가볍고 아름답게 떨구어 그런 이름이 붙었다고 한다. 누더기 나무가 낙우송이 된 후에 나는 비로소 그 나무를 애정을 가지고 주목해보기 시작했다.

그 나무는 가을에 갈색으로 단풍든 잎을 겨우내 달고 있다가 봄에, 이른 봄도 아니고, 봄이 무르익어 제 몸에서 새 잎이 걷잡을 수 없이 솟아올라야 할 수 없이 잎을 떨군다. 딴 나무에서는 꽃을 떨굴 때, 그는 비로소 지난해의 누더기를 벗는다. 그러니까 상록수도 아닌 주제에 일 년 내내 거의 한 번도 자신의 맨몸을 드러내는 일이 없다. 수줍은 나무다. 잎을 떨구는 모습도 정말로 깃털처럼 섬세하고 가볍다. 이름을 안다는 것은 좋은 일이다. 사람과 사람 사이도 이름을 안다는 게 친교의 시작이듯이 나무도 이름을 알고부터 이렇게 달라 보였다.

사람이 불행한 일을 당했을 때 주위의 행복한 사람보다는 자기 처지와 비슷하거나 더 불행한 사람이 있을 때 위로가 되는 건 어쩔 수 없는 인간의 본성인지 국제적으로도 그런 게 있는 것 같다. 동남아 여러 나라들도 우리 못지않은 경제적 어려움을 겪고 있다는 보도는 가뜩이나 어려운 우리의 경제난을 가중시킬지 모른다는 우려에도 불구하고 우리만 당하는 일이 아니라는 위안이 되기도 한다. 그러나 그들은 적어도 석유 생산국이거나 석유 없이도 겨울에 얼어 죽을 걱정은 없는 따뜻한 나라라는 걸로 우리하고는 댈 것도 아니게 좋은 조건을 가지고 있다 하겠다.

기름 값이 폭등하자 장작을 때는 마을이 점점 늘어난다는 소식은 얼마나 공포스러운가. 지금 당장이야 전지한 나무나 버려지는 목재로 충당하고 있는 것처럼 보일지 몰라도 이 상태가 계속되고, 만일 지금 봄이 오고 있는 게 아니고 겨울이 오고 있다면 우리 자연이 어떤 모습으로 헐벗게 될지는 불을 보듯 뻔하다. 어떻게 이룩한 산림녹화인데 훼손하기로 작정하면 시간문제일 것이다. 그런 뜻으로 식량이 자급자족되고 에너지 걱정을 안 해도 되는 나라의 경제적 위기는 표면적으로 폭동이 나도록 심각해 보여도 생존 자체를 위협하지 않는다는 점에서 우리보다는 훨씬 여유가 있는 게 아닐까.

그럼에도 불구하고 우리가 훨씬 희망이 있다고 생각한다. 물론 내 나라니까 그렇게 생각하고 싶은 것도 있지만 그들에겐 없고 우리에겐 있는 사계절의 뚜렷한 순환질서가 그런 희망을 준다. 우리는 천성적으로 겨울을 견디는 법을 알고 있고 봄은 조바심한다고 오는 게 아니라는 것도 알고 있다. 그거야말로 얼마나 믿음직한 우리의 저력인가.

봄이 오는 소리

　　　　　　아침마다 다시 뒷동산에 오르기 시작했다. 겨울 동안엔 산에 가지 못했다. 그 대신 운동부족을 느낄 때마다 동네를 한 바퀴씩 돌곤 했는데 어느 날 평지에서 넘어지면서 발목을 접질려 며칠 고생을 했다. 평지라고 안심하고 딴생각을 하다가 그렇게 됐다. 포장된 길이었는데도 옴폭 파인 데가 있었다. 넘어지면서 엄마 생각을 했다. 어려서도 넘어지길 잘했다. 넘어져서 무릎에 생채기를 내고 들어올 때마다 엄마는 걸을 때는 걷는 생각만 하라고 타이르곤 했다.

　엄마는 내가 서두르거나 다리가 부실해서 잘 넘어지는 게 아니라 딴생각을 많이 하기 때문에 넘어진다는 걸 알고 있었다. 뒷동산은 높지는 않지만 길이 가파르고 돌도 많다. 발밑을 조심조심 정신을 집중해서 걷는 생각만 해야 한다. 올라갈 때보다 내려올 때 훨씬 더 집중력을 요한다. 높낮이가 일정치 않은 울퉁불퉁한 길을 한 번도 헛딛지 않도록 알아서 발목의 힘을 조절해주는 눈과 머리와 발의 신속한 교감이 신기하고 고맙다.

늙어갈수록 산은 오르기보다 내려올 때가 더 쉽지 않다는 걸 알게 된다. 내리막길이라고 방심하면 다리가 오락가락하면서 헛딛게 된다. 올라갈 때 힘을 다 써버리면 결코 의젓하게 내려오지 못한다. 인생도 마찬가지가 아닐까. 특히 우리나라 정치인들은 내려오는 기술이 영 젬병인 것 같다.

아직도 산골짜기 음지엔 눈이 남아 있다. 북향받이 비탈을 타고 내려오면서 얼어붙는 작은 폭포들은 장엄할 것도 아름다울 것도 없이 비닐을 쳐놓은 것처럼 남루하다. 그러나 계곡을 흐르는 물은 어찌나 맑고 깨끗하고 명랑한지 매일 봐도 매번 기적처럼 경이롭다. 갈수기라 수량은 많지 않지만 머지않아 찬란하게 깨어날 초목들의 생명력의 원천이 바로 저거로구나 싶어 절로 경건해진다.

며칠 전에는 산에서 꿩을 보았다. 내가 꿩을 본 것보다 먼저 꿩이 나를 보았을 것이다. 앙상한 숲속 푹신한 가랑잎 사이에서 인기척에 놀란 꿩이 푸드득 날아올랐다. 지금까지 숲에서 본 가장 큰 새가 까치였기 때문에 꿩은 그렇게 갑자기 날아오를 수 있다는 게 믿어지지 않을 만큼 커 보였다. 숲에서 꿩을 본 날은 온종일 기분이 좋았다. 우리 동네 뒷동산엔 꿩이 산단다. 그렇게 콧노래라도 부르고 싶은 날이었다.

꿩뿐 아니라 숲엔 많은 새들이 살고 있을 것이다. 날이 따뜻해지면서 온갖 새들의 다양한 지저귐을 들을 수 있었다. 오늘 아침엔 바로 머리 위 큰 나무에서 날카로운 새소리가 들렸는데 내 귀엔 꼭 '쭈삐 쭈삐' 하고 우는 것 같았다. 그 새는 인기척에도 지저귀기를 멎지 않았는데 꼭 나를 놀려먹으려는 것처럼 거침이 없고 당돌했다. 도대체 어떻게 생긴 새일까 나무를 올려다보았지만 아직도 떨구지 못한 몇 안 되는 갈잎과 구별되는 새의 모습을 찾아내진 못했다.

아마 소쩍새도 살고 있을 것이다. 작년 여름내 소쩍새 소리를 들었으니까. 그러나 내가 그 새가 어떻게 생긴 새라는 걸 알아낸 건 텔레비전의 자연 다큐멘터리 프로를 통해서였다. 이렇게 야행성이거나 몸집이 작아 사람 눈에 잘 안 띄는 새 아니면 점점 더 숲에서 살아남기 힘들 것이다. 더군다나 꿩은 덩치가 클 뿐 아니라 인간의 입맛에까지 든 새이니 어찌 이 깊지 않은 숲에서 오래 살아남길 바라겠는가.

십여 년 전까지만 해도 꿩이 인가의 마당까지 내려와 어슬렁거리는 일이 드물지 않았다. 그러나 숲은 산불 같은 재난이 없이도 점점 줄어들고 있다. 나무를 베고 과수원을 만들기도 하고 배드민턴장이나 운동기구를 설치하기도 한다. 산속에 텃밭을 만들고 농막을 짓기도 한다. 개발 제한 지역이기 때문에 그런 일이 대대적으로 일어나지는 못하고 야금야금 잠식해 들어간다.

　나의 세상 보는 눈이 삐딱해서일까. 눈치껏 야금야금 자연을 먹어 들어가다가도 선거철만 되면 거침없이 성큼성큼 먹어 들어가는 것처럼 보이는 걸 어쩔 수가 없다. 매사를 이런 눈으로 보기 싫어서라도 선거철이 어서 끝났으면 싶다.

내려다보며 살기

　　　　　　　무엇하러 새해는 또 오나, 오르막길보다 내리막길이 빠르다는 걸 알아버린 지 오래라 왜 이렇게 세월이 빠른 거냐는 주접 따위는 떨지 않겠다. 노년에 등산을 해보면 오르막보다는 내리막에서 다칠 위험이 훨씬 더 많다. 빠른 것하고 쉬운 것하고는 다르다. 삶은 갈수록 팍팍해진다. 작년에는 오랜만에 소설 한 편 쓴다고 김매듯이 힘겹게 보냈다. 50년대 이야기이기 때문에 한 해를 꼬박 그때를 살다 오고 나니 내 생애가 바로 우리의 근세사였구나 싶지만 자랑스럽지도 수치스럽지도 않다. 금년이, 오늘이 너무도 빨리 역사가 된다는 걸 알아먹고 나니 금년을 열심히 제대로, 작년에 한 실수를 되풀이 안 하고 살 수만 있다면 그것도 역사 바로 세우기라는 생각이 든다.

늙으면 의욕이나 힘이 줄어드는 건 사실이지만 젊어서 가난을 겪었다는 게 만만치 않은 힘이랄까 저력이 되어 남아 있다는 걸 느낄 때가 있다. IMF 때였던가, 내 친구 할망구한테서 들은 얘긴데, 돈 잘 버는 자식들 덕에 풍족하게 살던 집안이 별안간 기울면서 식구들이 어쩔 줄 모르는 걸 보며 자기는 하나도 겁이 안 날 뿐 아니라, 살맛까지 나고 씩씩해지더라는 것이었다.

노욕도 가지가지라고 웃어넘겼지만 지지리도 못사는 시절을 겪었던 늙은이들에게 물질적 풍요가 전적으로 대견한 것만은 아니다. 우리가 어쩌면 이렇게 잘살게 되었을까, 휘황한 겉보기가 꿈만 같으면서도 아직 돈 벌 나이가 안 된 미성년의 씀씀이나, 도처에서 지천으로 낭비되고 버려지는 음식이나 입성을 보고 있으면 문득 하늘 무서운 생각까지 들 적이 있다. 풍요의 그늘에서 무슨 일이 일어나고 있는지, 보통으로 겨우겨우 사는 사람도 잘 상상이 안 되는 극빈지대에 버림받은 청소년, 어린이, 노약자, 장애자가 도움을 호소하는 소리를 매스컴을 통해 듣지 않는 날이 하루도 없다. 이렇게 세상에 알려지고 나면 곧 온정의 손길이 줄을 잇게 되니, 보도

됐다는 것만으로도 그 소외지대에서는 특혜를 받은 것인지도 모른다.

무인지경이 아닌, 사람 사는 세상에서 사람이 그 지경이 될 수밖에 없다면 국가는 도대체 뭐하려고 있으며, 그 수많은 자선 단체는 뭐하나, 탓 먼저 하게 되지만 그들이 도움받지 못하고 그 지경까지 가게 된 사연을 살펴보면 결코 제도가 부족해서도 인정이 메말라서도 아니었다. 그런 제도나 기관이 없는 게 아니라 다만 미치지 못했을 뿐이다. 도움을 청할 능력이 없는 사람도 있고, 도움을 청해도 안 들리게 인가나 인기척으로부터 소외된 사람도 있다. 복지제도도 제도이기 때문에 딱딱하고 일정한 자격을 요하고 수속하는 시간이 필요하다. 그러나 사람 사는 모습이 다 그렇듯이 규격에 맞게 가난한 게 아니다. 틀에 끼우거나 자로 잴 수 없이 유동적이고, 자존심 때문에 아무도 눈치 못 채게 방어적인 가난도 있다. 그들에게 제도에 앞서 다가가야 할 것은 인기척, 정이 아니었을까.

세금을 잘 내면서 국가에 분배의 책임을 요구하는 것도 좋고, 자선 단체에 내는 기부금 영수증을 면죄부처럼 챙겨 가지고 있는 것도 좋지만 내 이웃이나 친척 중 눈치껏 보살피고 안부를 물어야 할 이들을 마음으로 챙겨 가지고 있으면서 자주 오가고 정을 주고받아야 하지 않았을까. 우리는 너무 올려다보고만 살았지 내려다보고 살 줄 몰랐다.

또 50년대 가난한 집 담 너머로 음식 냄새가 솔솔 넘어오고, 사람의 인기척이 들리고, 뉘 집 부엌에 숟가락이 몇 개인지까지 서로 사정이 빤한, 당시로서는 보통 수준의 동네에서 뉘 집에서 김치나 부추 부침처럼 이웃에 냄새를 풍길 별식을 할 때면 으레 넉넉히 부쳐서 나누어 먹었다. 그러나 월급날 고기 근이라도 사게 되면 아이들이 아무리 숯불 피워 구워 먹고 싶어해도 어른들은 냄새나지 않게 냄비에 볶아 먹자고 했다. 나눌 수 없는 건 냄새라도 안 피우려는 이웃간의 배려가 즉 정이 아니었을까. 우린 이런 정으로 가난을 건넜다.

내가 죽도록 현역작가이고 싶은 것은 삶을 사랑하기 때문이고
노년기 또한 삶의 일부분이기 때문이다.

5 삶을 사랑하기 때문에 쓴다

삶을 사랑하기 때문에 쓴다

책을 낼 때마다 출판사에 손해나 끼치면 어떡허나 하는 걱정을 하게 된다. 손해나 안 끼치는 선을 넘고 나서 잘 팔리는 책 안에까지 들게 되니까 안심은 돼도 특별히 할 말은 없다. 그렇다고 내가 욕심이 없다는 소리는 아니고, 문학적 욕심하고 상업적 욕심하고는 다르다는 걸 말하고 싶고, 이 세상의 여러 가지 일 중 내가 가장 소질도 자신도 없어하는 일이 장사이기 때문에 누가 나 대신 최소한의 장사만 해주어도 고맙고 황송할 따름이다. 이런 책이 잘나간다는 건 작가도 출판사도 예상 못한 일이라고 신문에 난 걸 보았는데, 맞는 말이긴 해도 이것보다 훨씬 더 많이 팔린 책을 냈을 때도 출판사에 손해나 안 끼치길 바라고 내긴 마찬가지였으니 특기할 만한 일은 못 될 것 같다.

예상 밖이라는 건 아마 근래의 침체된 문학시장에서 독자들이 순수문학 작품에 그 정도의 관심을 보였다는 의외성을 두고 하는 말인 듯하다. 상업성 없는 단편집이라는 것 말고도 책에 수록된 작품이 거의 노인들 얘기라는 것 또한 주 독자층을 이삼십대로 잡고 있는 출판시장에서는 그다지 탐나는 상품은 아니었을 것이다. 그러나 내 책을 읽고 직접적으로 반응을 보여준 독자들의 연령층은 광범위했으니, 어떤 걸 썼나보다는 어떻게 썼나가 더 중요하다고 생각한다.

나는 감각이 굳어지거나 감수성이 진부해지지 않으려고, 그러니까 노화하지 않으려고 꾸준히 노력하는 작가라고 감히 자부한다. 앞으로 노인들 얘기를 더 많이 쓰게 될지 아닐지는 나도 잘 모르겠다. 확실한 건 나는 내가 겪고 깊이 느낀 것 밖에는 잘 쓰지 못한다. 그래서 자연히 늙은이들 얘기도 쓰게 된 것이지 늙은이들 얘기만 쓰기로 작정한 건 아니다. 노년이란 소년과 청년과 중년을 겪은 후에 오는 것이니까 비로소 노인문학도 할 수 있게 된 것이지, 노인문학만 하게 된 것은 아니라고 생각한다.

내가 죽도록 현역작가이고 싶은 것은 삶을 사랑하기 때문이고 노년기 또한 삶의 일부분이기 때문이다. 사람에 따라서는 삶의 가장 긴 동안일 수도 있는 노년기, 다만 늙었다는 이유로 아무 일도 일어날 수 없다고 여긴다면 그건 삶에 대한 모독이다. 아무것도 안 일어나는 삶에서 소설이 나올 수는 없다.

심심하면 왜 안 되나

나는 사십 세에 처음으로 문단이란 데 얼굴을 내밀었는데, 그때만 해도 그 나이에 등단을 한다는 게 희귀한 예에 속했던 것 같다. 어떻게 그 나이에 소설을 쓸 엄두를 냈느냐는 질문을 여러 번 받았다. 어떤 신문과의 인터뷰에서 나는 심심해서 글을 썼노라고 대답했다. 그게 그냥 기사화되자 뜻하지 않은 야단을 맞게 되었다. 문학이라는, 뼈를 깎고 피를 말리는 엄숙한 작업을 어떻게 심심풀이로 할 수 있느냐는 준엄한 전화 설교에 뭐라고 대답했는지 잘 생각나지 않지만 아직 신인인 나는 말 한마디의 잘못으로 세상에 밉보이는 게 두려워 덮어놓고 사과부터 했던 것으로 기억한다.

그러나 마음으로부터 잘못했다고 생각한 건 아니었다. 전쟁 중에 결혼해서 두 살 터울로 아이를 다섯씩이나 난 여편네가 언제 심심할 시간이 있었겠는가. 막내가 초등학교에 들어가면서 가족을 위해 24시간 봉사해야 하는 생활로부터 어느 정도 놓여나 비로소 자기만족을 위해 쓸 수 있는 시간의 여유가 생긴 걸 그렇게 말한 거였다. 그때까지 나는 심심할 수 있는 시간을 얼마나 갈망했던가. 심심하고 싶어 미칠 것 같은 때도 많았다.

돌이켜보면 유년의 시간이 칠십 평생보다 더 길게 느껴지는 건 심심할 수 있는 시간의 넉넉함 때문이 아니었을까. 심심해서 베개를 업고 자장가를 불렀고, 게딱지로 솥을 걸고, 모래로 밥을 짓고, 솔잎으로 국수를 말았다. 할아버지가 송도 나들이를 가신 날의 해질 무렵처럼 심심한 시간이 또 있을까. 그때 나는 저녁 먹으라는 엄마의 재촉을 들은 척도 안 하고 사랑 툇마루 가운데 기둥을 한 팔로 감고 앉아 동구 밖 산모롱이에 할아버지 두루마기 자락이 나타나기를 기다렸다.

할아버지가 밤이면 승냥이가 떼 지어 나온다는 긴등고개를 넘을 때면 무서움과 할아버지의 무사를 비는 마음으로 가슴이 오그라져 붙는 것 같다. 할아버지를 따라 동구 밖까지 다 왔는데도 산모롱이에 아무것도 나타나지 않으면 다시 소리개

고개쯤으로 할아버지를 후퇴시킨다. 이렇듯 내 어린 날의 심심한 시간은 내 상상력의 원천이 되었다.

초중고등학교 때도 심심할 수 있는 시간은 넘치게 많았다. 심심한 시간이 넉넉해서 소설이나 시집을 읽을 수가 있었다. 읽을거리까지 넉넉한 건 아니어서 정 심심할 때는 읽은 책을 읽고 또 읽었다. 요즘 애들이 책을 안 읽는다고 걱정하는 소리가 더러 들리는데, 심심할 시간이 없는데 어떻게 학교 성적과 무관한 책을 읽을 수가 있겠는가. 그건 괜히 한번 해보는 걱정일 뿐 어른의 진심도 아니다. 아이들은 심심할 시간은 커녕 한숨 돌릴 새도 없이 돌아가는 팽이와 다름없다. 자의로 도는 팽이는 없다. 자식이 행여 한눈이라도 팔세라 온종일 미친 듯이 채찍질 해대면서 책 안 읽는다고 걱정하는 것은 새빨간 거짓말이다.

현대의 천국

백화점에서 하루를 보낸 일이 있다. 이곳 구리의 산골마을로 이사 오고 나서 거의 백화점 갈 일이 없었다. 요새 웬만한 동네는 다 백화점 버스가 와서 고객을 훑어 가는데, 우리 마을은 지방도로에서 일 킬로나 산골짜기로 들어와야 하는, 칠십여 호 정도의 작은 마을이라 수지가 안 맞을 것 같아선지, 그런 마을이 있다는 것도 모르는 건지, 안 들어온다. 그 대신 온갖 잡상인들이 차에다 별의별 걸 다 싣고 와서 사라고 외친다. 채소나 과일, 생선은 물론 순대나 젓갈까지 안 팔러 오는 게 없다. 다들 미리 녹음한 걸 반복적으로 틀어놓고 다니기 때문에 시끄럽긴 하지만 단골 아저씨도 생겨서 그의 목소리를 듣고 뛰어나가는 맛도 나쁘지 않다.

처음 이사 왔을 때는 상냥한 여자 목소리로 여러 가지 채소 이름을 외치는 트럭을 불러 세웠더니 우락부락하게 생긴 아저씨가 운전석에서 내렸다. 조수석에라도 아줌마가 있겠거니 하고 들여다보았으나 비어 있었다. 아저씨는 씩 웃으며 마누라 목소리라고 했다. 거칠어 보이는 인상을 마누라 목소리로 커버한 그 아저씨는 참 착하다. 어제 산 참외가 안 달더라고 말하면 죄 지은 사람처럼 쩔쩔매면서 오늘 것은 달 거라며 부득부득 거저도 한두 개를 주고 싶어한다. 그래서 다시는 그런 소리 안 한다.

싱싱한 채소 값이 그렇게 쌀 수가 없다. 이것저것 한 보따리 사고 나서 만 원짜리를 내도 몇천 원은 거슬러 받게 된다. 왜 이렇게 싸느냐고 하면 물건 사고 싸다는 사람은 할머니밖에 없을 거라면서 그의 얼굴에 연민이 어린다. 세상물정을 모르는 게 안돼 보이는 모양이다. 그에게 동정받는 게 싫지 않다.

이렇게 집에서 쇼핑을 충분히 즐길 수 있는데 뭣하러 백화점에 가겠는가. 앉아서 살 수 없는 건 고기밖에 없는데 딸들이 친정 나들이 올 때 엄마 뭐 필요한 거 없느냐고 물으면 고기나 사오라고 말하면 해결된다. 딸들에게 바가지 씌우는 건 내 노후대책 중의 하나이다.

이렇게 살다 보니 백화점에 갈 일이라곤 없었는데 내리 삼년 옷을 안 사고 지내니 외출할 일이 있을 때마다 옷에 신경이 써지기 시작했다. 옷에 대한 내 신조는 어느 장소에서나 눈에 안 띄게 입는 것이다. 너무 멋있거나 비싸 보여서 눈에 띄는 것도 싫고, 너무 초라하거나 유행에 뒤져서 튀는 것도 싫다. 그런데 슬슬 초라해서 튄다는 걸 의식하게 되었다. 그래서 큰마음 먹고 혼자서 백화점 나들이를 갔는데 월요일이라 그랬는지 세일기간인데도 한산했다. 일부러 혼자서 간 건 단시간 내에 여러 가지를 사고 싶어서였다. 같이 가는 사람이 있으면 말이 많아서 그게 잘 안 된다.

단시간 내에 필요한 여름살이를 대충 장만하고 차를 한잔 마시려고 식당가로 갔더니 마침 여학교 동창 둘이서 수다를 떨고 있었다. 우리는 호들갑스럽게 반가워하면서 합석을 했다. 차뿐 아니라 점심도 같이 먹고 나서 또 수다를 떨었다. 냉방이 잘되고 너무 붐비지도 않는 백화점 안은 그렇게 쾌적할 수가 없었다. 아무리 앉았어도 일어나기가 싫었다. 자연과 순박한 인심이 늘 가까이 있는 우리 집이 천국인 줄 알았는데, 하루 만에 마음이 바뀌어 여름에 시원하고 겨울에 따뜻하고, 이 세상의 온갖 진귀하고 아름다운 물건들이 아양을 떨며 손짓하는 백화점이야말로 바로 현대의 천국이지 싶었다.

문득 옛날 사람들이 그린 천상낙원은 어떤 것이었을까, 궁금해진다. 고궁을 보면 임금님도 지금의 아파트 생활보다 훨씬 더 불편하게 사셨을 것 같다. 한중록에도 겨울이면 빈궁의 거처 벽에 성에가 낀 얘기가 나온다. 웬만한 아파트는 집집마다 적어도 한 대씩은 에어컨을 가지고 있다는 걸 밖에서 쳐다만 봐도 알 수가 있다. 여름에 덥기를 하나, 겨울에 춥기를 하나, 고기는 비싸서가 아니라 살찔까 봐 안 먹고, 사시장철 온갖 과일과 채소가 먹고 넘치게 풍성하고, 하루 만에 지구를 한 바퀴 돌고 올 수도, 심심해서 미녀를 부르면 제꺼덕 미녀가 대령하고, 미남을 부르면 미남이 나오는 상자까지 집집이 방방이 있는 세상은, 옛날 사람한테 마음대로 천국을 그려보라 해도 아마 그리는 못 그렸을 것이다.

그럼 지금 우리는 행복한가. 가진 사람일수록 만족을 모른다. 아흔아홉 냥 가진 이가 남의 한 냥 가진 걸 뺏고 싶어 마음은 늘 걸신이 들려 있다. 아귀餓鬼가 따로 없다. 마음이 곧 아귀지옥이다. 하느님이 세상을 지으셨다면 이렇게 불공평할 리가 없다고들 하지만 삶의 속내를 알고 보면 섬뜩하도록 공평한 세상인지도 모르겠다.

겨울 정경

　　　　　　지금보다 훨씬 춥고 못살았던 시절에도 아이들이 불행했던 것 같지는 않다. 풍요롭고 따뜻한 겨울을 보내는 요즘 아이들이 꼭 행복하지만은 않은 것과 같이. 얼마 전 나는 우연히 옛날 살던 동네 골목을 차를 타고 지나간 적이 있다. 꽤 넓었던 길이 오르막으로 산 밑까지 연결된 넓은 골목은 겨울이면 아이들의 놀이터였다. 적당한 경사면에 눈이 오고 쌓인 눈이 사람 발자국에 다져지다 보면 기가 막힌 스키장이 되곤 했다. 썰매에 앉은 아이들의 속도에 취해 줄줄이 내려오는 모습은 지금 생각하면 장관이었다. 노인들에겐 공포의 언덕이었다. 어른들은 종일 아이들이 얼음을 지쳐서 반들반들해진 경사면에 연탄재나 지푸라기를 뿌려 훼방을 놓았지만 그다음 날은 어느 틈에 다시 빙판이 되곤 했었다. 그런데 그 골목은 양쪽으로 빽빽이 자동차가 주차되어 스키장은커녕 그 사이로 겨우 차 한 대 지나다닐까 싶게 되어버려 옛 모습을 상상할 수 없었다. 아이들은 놀이터를 잃어버렸다. 이제 아이들은 썰매나 팽이를 만들지 않는다. 아마 그 동네 아이들도 이제는 썰매를 타고, 팽이를 돌리는 대신 단체로 스키강습을 가거나 실내 스케이트장에 가겠지. 아니면 한겨울이라도 실내 수영장에서 강습을 받겠지.

얼음지치기가 아니라면 아이들의 겨울 낮은 마냥 지루했으리라. 논바닥이 얼면 지난해 광속에 던져두었던 썰매를 꺼내본다. 올해는 철사 대신에 스케이트 날을 달아 뽐낼 수 있으면 좋으련만. 사촌형의 멀쩡한 스케이트에서 날을 떼어달랠 수 있을지. 하기야 철사 달린 낡은 썰매만으로도 얼음을 제일 잘 지치는 친구를 생각한다면 도구가 문제가 아닐지 모른다. 못대가리를 잘라버리고 거꾸로 박은 썰매 꼬챙이가 얼음에 꽂혀 닿는 소리는 너무 스릴이 있다. 눈 감고 그 소리만 들어도 얼음을 잘 지치는 아이인지 서툰 아이인지 알 수 있다. 팽이가 돌아가는 소리만 보아도 얼마나 오래 살아 있을지 짐작

가는 것처럼. 물을 적신 팽이채로 살려낸 팽이의 회전은 조용해지며 빛깔이 그윽해진다. 크레파스로 칠한 무지갯빛 팽이가 빛의 요술을 부리면 시간이 아득해진다. 날이 어둑해지면 저녁 먹으라고 아이들 부르는 소리가 동네에 울려 퍼지지만 그때야말로 아이들 놀이의 짜릿함이 더할 때이기도 하다. 엉덩방아를 찧어 더럽혀지고 젖혀진 옷을 보면 야단을 맞을 게 뻔하지만 다음 날은 좀 더 기량을 펼 수 있을 것 같은 마음에 조바심만 난다. 그러나 저녁이 되어 제 이름을 불러주는 식구들이 없다면 아이들의 놀이가 신명이 날까.

겨울 저녁 종일 밖에서 놀다가 집에 들어온 아이들의 붉은 볼처럼 예쁜 게 이 세상에 있을까. 홍옥 사과처럼 붉지만 차가운 얼굴의 싱싱함을 어디에 비할까. 따뜻한 아랫목과 김나는 저녁 밥상 앞에서 더럽혀지고 젖은 바지를 벗겨주며 꾸중 아닌 꾸중을 하는 할머니의 손길을 그리워할 수밖에.

산후우울증이 회복될 무렵

　　　　　　내 나이 스물네 살 때였고, 아기는 백일은 지났고 돌은 한참 멀었을 때였다. 집에서 어른들이 지켜보는 가운데 산파가 아이를 받았는데 나는 그 작은 핏덩이를 보고 전혀 모성애를 느끼지 못했다. 그 아이를 책임져야 한다는 게 그냥 두렵기만 했다. 출산 후 돌아누워 몰래 눈물을 흘리다가 나중에는 참지 못하고 흐느껴 울어서 사위스럽게 산방에서 웬 눈물이냐고 시어머니한테 꾸중을 들었다.

　　53년 봄, 휴전도 되기 전, 격전지를 지척에 둔 최전방도시 서울에서 병역도 안 치른 남자와 급하게 결혼을 했는데 결혼하면 아이가 생긴다는 걸 미처 생각지 못했던 것 같다. 연애결혼이었지만 사랑하는 남자와 같이 있고 싶어서라기보다는 전쟁으로 상처투성이가 된 우리 집을 면하고 싶어서 한 결혼이었다.

올케가 전쟁 중에 둘째 아이를 낳았는데 하필 유엔군의 인천상륙작전이 성공해서 서울로 진격해 들어올 때였다. 폭격과 함포사격이 밤낮없이 비 오듯 하는데 집에 만삭의 임산부가 있다는 게 얼마나 큰 재앙이라는 건 겪어보지 않으면 모른다. 칠흑 같은 밤에 쌔앵하고 공기를 가르는 박격포탄 소리를 들으며 제발 밤에 해산하는 일만 안 일어나게 해달라고 비는 게 해산 준비의 모든 것이었다.

다행히 날이 훤히 밝을 때 시작한 올케의 진통은 한 시간도 안 되어 끝났다. 첫애 적의 난산에 비하면 믿을 수 없을 정도로 빠른 해산이었다. 영양부족으로 주름투성이인 작은 핏덩이는 자기가 내던져진 세상이 어떤 세상이라는 걸 아는 것처럼 잘 울지도 못했다.

바로 그날 한 집 건너 옆집에 박격포탄이 명중해서 사랑채가 왕창 나가고 우리 집 대문과 기둥에도 곳곳에 파편이 박혔다. 이 아비규환 속에서 어떻게 저 어린 것을 살릴 것인가. 어머니하고 나는 안마당의 양회바닥을 깨뜨리고 미친 듯이 구덩이를 팠다. 아이 아버지는 행방불명이었다. 여자 둘이서 변변한 연장도 없이 산모하고 아기가 들어갈 만한 방공호를 파는 데 하루가 꼬박 걸렸다. 손에는 피멍이 들고 기진맥진했을 때 서울은 수복되어 더는 포탄이 날아오지 않았다. 그러나 그 후 그 아이에게 닥친 일은 엄동설한의 피난길과 아버지의 죽음이었다.

휴전이 된 후에도 이승만 대통령은 북진통일을 외치고 휴전선 근방에서는 크고 작은 충돌사고가 그치지 않아 내가 첫애를 임신했다는 걸 알았을 때 정성을 다 바친 유일한 태교는 해산할 때까지 제발 난리가 나지 말았으면 하는 거였다. 연년생의 어린 조카들을 데리고 남으로 북으로 쫓겨 다니면서 뼈저리게 느낀 것은 피난길엔 걷지 못하는 어린것하고 임산부처럼 큰 재앙덩어리는 없다는 거였다. 임신 중에 휴전이 되어 따뜻한 온돌방에서 호강스러운 해산을 했건만도 조카가 태어날 때가 악몽처럼 떠오르면서 평화를 믿을 수가 없었다.

나의 산후우울증은 아이가 백일을 지나 예쁜 짓을 하기 시작하면서 점차 회복이 되었다. 시댁 또한 친정집 못지않게 전쟁 통에 만신창이가 된 집안이었다. 그 애의 태어남이 양가 어른들에게 그렇게 큰 기쁨이 될 줄은 몰랐다. 배냇짓으로부터 시작해서 하루하루 늘어가는 조그만 예쁜 짓들이 크게 부풀려지고 기쁜 소식이 되어 그분들의 상처를 달래는 걸 보면서 나는 비로소 굉장한 일이라도 해낸 것처럼 나의 엄마 됨에 자부심을 느낄 수가 있었다.

정직한 아이의 도벽

시골에서는 돈이라는 걸 모르고 자랐다. 30년대의 농촌이란 이조시대와 별반 다르지 않은, 모든 필수품을 자급자족할 수 있는 농경사회였다. 가끔 방물장수가 바늘이나 참빗 물감 따위, 농촌에서 생산할 수 없는 것을 팔러 오기도 했지만, 돈 주고 사는 게 아니라 쌀이나 잡곡과 바꾸는 물물교환이었다. 누에 쳐서 명주 짜고, 목화 길러 무명 짜서 엄마가 물감 들여 바느질해준 옷 입고 들로 산으로 마음껏 뛰어놀며 자랐다.

서울 와서 가장 신기한 게 가게였다. 가난한 사람들이 다닥다닥 모여 사는 빈촌의 구멍가게였으니 지금 상식으로 생각할 때 오죽했을까 싶지만 두메산골에서 처음 서울 구경한 계집애의 눈엔 황홀했다. 특히 일 전에 다섯 개짜리 눈깔사탕은 입에 물고 있으면 혀가 녹아날 듯이 감미로웠다. 어쩌다 한번 그 맛을 본 나는 시도 때도 없이 '일 전만 일 전만……' 하고 엄마 치마꼬리에 매달리곤 했다.

시골에 살 때도 그다지 단 것에 굶주리지는 않았다. 섣달그믐께면 엿을 많이 고아서 강정도 만들고 동그란 판때기도 만들어서 오래 두고 먹었다. 특히 조청은 작은 항아리에 담아놓고 인절미도 찍어 먹고, 아이들이 입이 궁금해서 보챌 때 조금씩 내주기도 했다. 벽장에는 꿀도 있어서 여름에 할아버지 손님이 오셨을 때 꿀물을 타내기도 했지만, 아이들이 숨바꼭질하는 척 벽장에 숨어들어 몰래 손가락 끝에 찍어서 핥아먹는 재미도 여간 아니었다. 그러나 서울서 맛본 알사탕의 단맛은 엿이나 꿀에 댈 것도 아니게 부드럽고도 간사스러웠다. 혀뿐 아니라 입속의 점막이 사르르 녹아나는 듯한 단맛은 어린 계집애가 미각으로 감지한 도시의 맛 그 자체였다.

언제부터인지 나는 엄마의 지갑에서 일 전짜리를 슬쩍하는 데 맛을 들이게 되었다. 동전을 손아귀에 넣었을 때에 가슴이 졸아드는 듯한 느낌 또한 알사탕 맛 못지않았다. 달라고 조를 때는 그리도 인색하게 굴던 엄마가 지갑에서 일 전 정도 빈

것은 모르고 있다는 것도 복수심 비슷한 쾌감을 불러일으켰다. 그러나 꼬리가 길면 밟힌다던가. 어느 날 또 슬쩍한 일 전을 가지고 가게에 갔다가 그만 유리를 깨뜨리고 말았다.

당시 구멍가게는 추녀 끝에다가는 콩나물이나 두부, 파 따위를 내다놓고 팔았고, 안쪽 좌판에는 유리를 덮은 네모난 상자들을 늘어놓아 그 안에 각종 사탕이나 과자를 넣어두고 팔았다. 나는 그만 그중의 한 유리 뚜껑을 손으로 잘못 짚어 깨뜨리고 만 것이다. 가슴이 덜컥했지만 주인아저씨는 괜찮다고 시들하게 말하며 내가 원하는 사탕을 꺼내주는 것이었다. 참 마음씨 좋은 아저씨도 다 있다 싶었지만 웬걸, 저녁때 우리 집으로 찾아와 엄마에게 유리 값의 배상을 요구했다.

엄마는 우리 애가 그랬을 리가 없다고 말했고 아저씨는 대뜸 삿대질까지 해가며 엄마에게 상스러운 욕을 했다. 방구석에 오그리고 있던 나는 참을 수가 없어 뛰어나가 내가 유리를 깨뜨렸노라고 울며 고백을 했다. 엄마는 순순히 유리 값을 물어줬다. 그다음에는 나한테 벼락이 떨어질 차례려니 했다. 돈이 어디서 나서 사탕을 사러 갔느냐고 묻는 건 당연했다. 나는 그다음 대답까지 마련해놓고 있었다. 길에서 주웠다고 말할 작정이었다. 엄마 지갑에서 슬쩍했다는 말은 죽어도 못할 것 같았다.

나는 시골에서 조부모님을 모시고 대가족 속에서 자랄 때부터 거짓말을 못하는 아이로 인식되어왔다. 거짓을 말하거나 남의 것에 손대는 것을 가장 수치스러운 걸로 교육받았고 구태여 그걸 어길 만한 일도 없었기 때문에 저절로 그리 된 것이었을 텐데도, 어른들 사이에서 나는 '쟤는 제 털 빼, 제 구멍에 넣을 애'로 통했다. 엄마도 칭찬의 뜻보다는 융통성 없음에 대한 한탄 비슷하게 그런 말을 했지만 속으로는 그런 나를 믿음직스럽게 여기고 예뻐하신다는 걸 나는 알고 있었다.

나는 그런 엄마를 실망시키고 싶지 않았고, 만의 하나라도 내가 훔쳤다는 게 탄로나면 그 수치스러움을 견딜 수 없을 것 같았다. 죽어버리거나 집을 나가버리겠다는 각오까지 하고 있었다. 그러나 엄마는 유리 값 때문에 상스럽고 무례하게 군 가게 아저씨에 대해서만 분개하느라 돈이 어디서 나서 군것질을 했느냐는 소리를 안 했다. 유리 값을 물어주고 분을 가라앉힌 후에도 이제나저제나 기다렸지만 나는 추궁도 안 당했고 야단도 안 맞았다.

그 사건은 그렇게 그냥 넘어갔다. 그래서 나는 길에서 주웠다는 거짓말을 안 할 수 있었을 뿐 아니라 다시는 엄마의 지갑에 손대지 않게 되었다. 또한 그 후 이날 이때까지 티끌 하나라도 내가 의식하고 남의 물건에 손댄 일은 없다. 그러나

만일 그때 엄마가 꼬치꼬치 진상을 추궁했더라면 집은 못 나갔더라도 얼마든지 삐뚜로 나갈 수는 있었을 것 같다.
 자존심이 지나치게 예민한 아이한테 결정적인 타격을 입힌다면 자존심을 아주 망가뜨릴 수도 있다는 걸 알고 엄마가 그렇게 했으리라고 생각하지는 않는다. 그러나 그 꼼꼼한 엄마가 그 사건을 꼬치꼬치 추궁하지 않고 그렇게 허술하게 넘어가준 것을 나는 지금까지도 감사하고 있다.

소설가의 그림 보기 그림 읽기

　　　　　　　　김병기 화백을 처음 만나게 된 건 99년 10월 뉴욕에서였다. 그때 나는 동료 작가 최인호 씨와 함께 국제교류진흥재단의 후원으로 작품 낭독회를 위해 미국과 캐나다의 몇 군데 대학을 순회 중이었다. 뉴욕에서는 컬럼비아 대학에서 낭독회가 있은 후 코리아 포럼 인터내셔널(KFI)이라는 동포들의 모임에 초청을 받아 강연을 하게 되었다. 아주 따뜻하고 활기차고 화기애애한 모임이었다. 거기서 김병기 화백을 알게 되었다. 중후하고도 온화한 노신사가 소년처럼 수줍음을 타며 자신을 화가라고 소개하면서 내년 봄에 서울 가나 화랑에서 전시회가 있을 예정이라고 했다.

그분은 자신을 잊힌 화가라고 겸손해했지만 가나 화랑에서 초청해 전시회를 가질 정도면 대단한 화가려니, 지극히 세속적인 추측을 할 수 있을 뿐 나 역시 그분에 대해 아는 게 전혀 없었다. 그러나 이름만 듣고도 아아, 그 사람 하고 안 것처럼 느낀다는 건 뭘까? 필시 아무짝에도 쓸모없는 선입관이나 편견을 넘지 못하는 허명虛名에 불과한 것일 터, 그럼에도 불구하고 귀국 후 나는 그가 누구인지 알고 싶어 은근히 애를 썼다. 호기심 때문이었다.

빛나는 정신을 내장한 이나 창조적인 작업을 하는 이는 아무리 겉으로 티를 안 내도 남의 호기심을 자극하는 뭔가가 내비쳐지는 법이다. 나도 그분에게 그런 호기심을 느꼈던 것 같다. 그분에 대해 알아보는 건 어렵지 않았다. 내가 김병기 화백을 몰랐던 것은 화단에 대한 나의 과문寡聞 때문이었다. 그는 50년대에 이미 서울 미대 교수였고 서울 예고 미술과장이었다. 현역의 중진이나 대가급 화가 중 그에게 직접 가르침을 받거나 영향을 받지 않은 이는 없다고 해도 과언이 아니었다. 또한 그는 한국 미협 이사장이기도 했으니 한국 화단에서 출세란 출세는 다 해본 셈이다.

그러나 그는 누구나 한 번쯤 꿈꿔봤음 직한 정상에서 돌연 사라진다. 65년 상파울로 국제전 커미셔너 겸 심사위원으로 출국했다가 안 돌아오고 만 것이다. 김병기라면 누구나 알아주는 세상을 버리고 아무도 안 알아주는 세상 속으로 홀연 잠적해버린 것이다. 그게 어디 쉬운 일인가. 예술가에게 있어 무명에서 유명을 지향하는 상승 욕구처럼 창조적이고 강한 에너지원은 없을 것이다. 국내에서 더 많이 유명해지고 출세에도 도움이 될 거라는 저의로 외국에 나가 공부하거나 작업하는 경우도 적지 않고, 순전히 그럴 목적으로 외국에 나간다 해도 나무랄 게 없는 것이, 각자 그러면서 자신의 왜소함을 극복하고 죽자구나 커짐으로써 우리 미술계를 풍요롭고 세계적인 수준으로 다가가도록 했기 때문이다. 그러나 김병기 화백은 정상에 있는 자신의 이름을 돌연 지우듯이 한국 화단에서 소리 없이 사라졌다.

  나는 그의 경력 중 그 대목에서 말할 수 없이 상쾌한 정신의 서늘함을 느낀다. 그때의 그의 위치라면 국내에 소문을 내면서 버젓하게 작업환경을 외국으로 옮길 수도 있었으리라. 그러나 그는 처자식도 버려둔 채 미국에 불법체류자의 신분으로 남아 히피 생활을 하게 된다. 외로움과 소외를 자청하여 문자 그대로 사라진 것이다. 그건 용기였을까, 만용이었을까, 더 올라갈 데가 없는 정상에서 느끼는 헛된 이름에 대한 넌더리나 허망감이었을까? 또는 자신이 화단에 끼칠 수 있는 영향력이 권력화되는 걸 혐오했음인가?

뉴욕에서 그를 알게 된 후 얼마 안 되어 그를 다시 서울에서 만나게 되었다. 작년 연말부터 지금까지 그는 전시회 준비를 위해 가나 화랑에서 마련해준 평창동 화실에 머물고 있다. 그동안 그와 장시간 대화를 나눌 수 있는 기회를 여러 번 가졌다. 아주 즐겁고 유익한 시간이었다. 그가 나보다 십오 년이나 연상이라는 걸 서울에서 두 번째 만났을 때 처음 알았다. 믿을 수 없는 일이었다. 그는 정정하고 단아할 뿐 아니라 세속과 미술계를 보는 눈이 예리하고 정확하다. 아직도 현역이지만 틀에 박힌 현역이 아니라 변화와 탈출을 꿈꾸는 현역이다. 그래서 그는 젊다. 사람이 저렇게도 늙을 수 있구나, 경탄케 만드는 드물게 아름다운 원로이다. 그의 화술과 기억력은 믿을 수 없을 만큼 뛰어나다. 그가 수학하던 동경 아방가르드 미술연구소 시절의 동경 골목골목과 김환기, 이중섭 등 지금은 고인이 된 뛰어난 화가들의 얘기들은 어찌나 사실적이면서도 생동감이 넘치는지 그를 방금 30년대의 동경에서 돌아온 사람으로 착각하게 만들었다.

그와 많은 이야기를 나눌 수 있는 행운을 여러 번 가졌지만 내가 정말 궁금한 것, 도대체 그의 정신의 밑바닥에서 어떤 일이 일어났기에 홀연 한국 화단에서 사라질 수 있었는지는 묻지 않았다. 물었다 해도 그 역시 정확한 대답을 못 했을지 모른다. 일생일대의 진실이랄까, 정신의 비의秘義는 아무리 본인이라 해도 그렇게 꼭 집어 말할 수 있는 게 아닐 것이다. 나의 호기심이 아무리 집요하다 해도 그 부분은 상상력의 영역으로 남겨놓고 싶은 게 나의 어쩔 수 없는 소설가다움이다. 아무튼 그가 탈출한 건 한국 화단이라는 제도권이지 예술은 아니었다. 그건 얼마나 다행인가. 그는 아직도 그리고 있고, 꾸준히 변화해왔고, 앞으로 어떻게 변할지 모르는 놀라운 저력을 가지고 있다. 지금 그가 우리 앞에 펼쳐 보이는 전시회도 그의 완성이 아니라 변화의 한 과정이다.

  전시회에 앞서 미리 그의 그림 앞에 서볼 수 있는 기회를 가졌다. 나의 감식안으로는 좀 난해한 그림이었다. 보자마자 쉽게 감이 오는 그림이 아니어서 오래 보는 사이에 그의 그림이 말을 걸어오는 것 같았다. 그의 그림에는 그가 못다 한 이야기가 있었다. 그의 그림에 자주 나오는 자로 그은 듯한 직선도 처음에는 다소 거부감이 느껴졌지만, 직선으로 재단된 뉴욕이란 거대도시의 인상이나, 몬드리안의 순수한 수직과 수평을 연상하며 곰곰이 바라보는 사이에 그가 하고 싶은 이야기에서 직선의 엄격함을 빼놓아도 안 될 것 같은 생각이 자연스럽게 들었다.

지금은 봄의 절정이다. 포장된 인도를 걷다가 보도블록 사이에 낀 흙에서 잡초가 파랗게 돋아나는 걸 보았다. 직선으로 포장된 잇잠을 비집고 분출하는 맹렬한 생명력이 섬뜩하도록 아름다워 보였다. 그리고 문득 김병기 화백의 그림을 생각했다. 과학과 테크놀로지 만능의 세상이라지만 결코 거기 짓눌릴 수 없는 신이 만든 자연의 위대함, 생명력의 황홀함, 전통의 아름다움 등이 그의 그림을 일관되게 흐르는 메시지가 아니었을까 하고.

미술작품을 있는 그대로 즐기지 못하고 이야기를 읽어내고 싶어하는 소설가의 만용을 용서해주시기를 김병기 화백에게 정중히 청하며, 그럼에도 불구하고 전시회에서는 보다 많은 사람들이 그의 그림 앞에서 보는 즐거움과 함께 이야기에 귀 기울이는 즐거움도 놓치면 안 된다고 귓속말로 속삭여주고 싶은 심정으로 감히 이 글을 썼다.

또 한 해가 저물어가는데

　　　　　　오십 년 만에 만난 이산가족들이 화면 속에서 몸부림치고 있다. 엄마 아빠 혹은 오빠 누나 같은 가족관계의 호칭을 목메어 부르고 나서 부둥켜안는다. 몸을 더듬고 볼을 부비고 나서 다시 서로의 얼굴을 찬찬히 뜯어본다. 그러고 나서 이야기가 떠듬떠듬 이어진다. 아무리 친한 친구도 너무 오래간만에 만나면 자주 얼굴을 대하는 동네사람만큼도 할 이야기가 없다는 건 누구나 해본 경험일 것이다. 보고 싶었다는 소리만 수없이 되풀이한다. 그러나 간간이 공유할 수 있는 추억을 탐색하기를 결코 게을리하지 않는다. 공유할 수 있는 추억을 찾아냈을 때 그들의 행복은 느닷없이 치열

해진다. 기나긴 시간이 마치 검은 종이 위에다 볼록렌즈의 초점을 맞추었을 때처럼 순간적으로 빛을 발하면서 소멸한다.

나는 북에서 온 사람들의 나이에 특히 관심이 많다. 나하고 동갑내기인 칠십 세를 전후한 나이가 가장 많다. 그래서 70이면 이십 세, 69면 십구 세, 68이면 십팔 세라고 그들이 헤어질 당시의 나이를 재빨리 환산할 수가 있다. 당시 우리는 얼마나 아름다운 나이였나. 그 아름다운 나이에 우리에게 무슨 일이 있었나. 홍안의 소년시절을 공유함으로써 그들과 나는 우리가 된다. 홍안의 소년들이 지금 주름지고 검버섯 핀 얼굴로 돌아와 가족 앞에 서 있다. 죽은 줄 알고 호적에서 말살하고 제사까지 지낸 사람도 한둘이 아니다. 그들은 〈라이언 일병 구하기〉에 나오는 격전장 못지않게 온갖 첨단 화기들이 고막을 찢을 듯 작열하는 지옥불을 뚫고, 아무도 구하러 오지 않았지만 스스로 살아남았다. 그리하여 그들의 주름과 검버섯은 전설 속의 기적이 되었다.

살아남았지만 그 후 그들은 그때까지 꿈꾸며 한 올 한 올 직조해온 삶의 무늬를 더는 짤 수 없게 된다. 그들이 그때까지 짜왔고 또 앞으로 짜고자 했던 삶의 무늬에는 어찌 각기 혼자만의 꿈이 서렸다 하겠는가. 부모와 피붙이들의 소망이 질긴 날줄이 되어 그들의 꿈을 뒷받침했을 것이다. 타의로 끊긴 피

륙은 무명도 비단이 된다. 날카로운 가위로 짜던 비단의 중턱을 자르듯이 돌연 여태까지 살아온 삶의 연속성이 중단된 채 살아남는다는 건 어떤 것일까.

시방 그들은 공개된 장소에서 만나고 있다. 비슷한 표정으로 울고 웃고 노래 부르고 나서 같은 반찬으로 식사를 할 것이다. 구경꾼조차도 감동 외의 딴 감정으로 빠져나갈 틈서리는 허용되지 않는다. 공개된 장소란 그런 의미로는 닫힌 장소의 다름 아니다.

백 명이 만나든 천 명이 만나든 이산가족 상봉이라는 여섯 글자 안에 요약될 수 있지만 각자 살아온 공개되지 않은 삶은 사람 수대로 천차만별일 뿐 아니라 길기는 또 얼마나 서리서리 길 것인가. 결코 요약될 수도 잠들 수도 없는 각자의 시간이 이산가족 상봉이라는 획일화된 공간으로 침투해 들어오려고 사방 군데에서 몸부림을 치고 있는 것만 같아 나는 조마조마하다. 그러나 그럴 새 없이 만남의 시간은 순식간에 지나간다. 그들이 발을 동동 구르면 아쉬워하든 말든 나는 그쯤해서 구경이 끝난 것에 안도한다.

지금까지 상봉을 신청한 남쪽 가족이 십만을 넘는다고 한다. 이산가족의 수효를 몇백만으로 헤아리는 걸 보면 신청 안 한 가족은 훨씬 더 많을 것 같다. 대학에 입학원서 낼 때처럼 높은 경쟁률에 미리 질렸거나, 보고 싶은 절박함이나 촌수의 원근 등 실력이 달린다는 걸 감안해 알아서 뒷전으로 물러났을 수도 있지만, 남아 있는 애증이 하도 격해 만남 자체에 두려움을 느낀 이도 있을 것이다. 만나고 싶은 조바심보다는 만나야 할지 말아야 할지 망설이는 사정이 훨씬 더 개별적이고 복잡다단할 수밖에 없다.

내 고향은 휴전선 이북이고, 그쪽에 고모와 고종사촌 둘이 있다. 고모부만 남쪽으로 내려왔다. 고모는 1915년생이니까 살아 있다면 여든여섯 살이 된다. 물론 고모는 당연히 지금보다 출가외인 사상이 훨씬 더 지엄한 30년대 초에 시집을 갔지만 아들을 둘 낳고 그 아들이 중학생이 될 때까지도 생활에 있어서나 의식에 있어서나 친정으로부터 분화가 되지 못했다.

소학교도 못 나온 고모와는 달리 고모부는 일본 유학까지 한 멋쟁이였다. 당시 그런 부부의 정석대로 그들은 처음부터 화목하지 못했다. 고모는 사남매의 막내이자 외동딸이어서 어리광이 심한 편이었다. 툭하면 보따리 싸가지고 친정으로 왔다. 시집에서 쫓겨났다 해도 그 집 문지방을 베고 죽어야 하는 당시의 법도를 무시하고 말다툼 좀 했다고 쪼르르 친정으로 달려온 고모를 할머니는 버선발로 맞아들여 무조건 보듣고 역성을 들었다.

고모보다 연하의 고모부는 응석받이로 자란 데다가 할머니를 닮아 기가 센 고모를 적절히 휘어잡을 줄 몰랐다뿐 금슬이 아주 나쁜 부부는 아니었던 것 같다. 천만다행한 일이었다. 고모가 친정으로 도망 오면 며칠 안 돼 고모부가 데리러 왔다. 그럴 때마다 할머니는 딸을 다시는 안 내줄 것처럼 사위를 뜰아래 세워놓고 호통을 쳤다. 뭘 믿고 그랬을까. 할머니는 시쳇말로 빽이 셌다.

할머니 보기에 이 세상에서 가장 출중하고 믿음직스러워 보이는 세 아들은 효성도 지극해 할머니의 위신을 최대한으로 살려가면서 매제를 윽박질렀다 달랬다 자유자재로 다뤘다. 강도 높은 협박과 회유가 되풀이됐다. 드디어 고모부는 무릎 꿇어 다시는 안 그러겠다고 싹싹 빌고 할머니가 말없이 안방으로 사라진 후에 비로소 사랑채로 물러났다.

고모부는 찔찔 눈물을 짤 때도 있었다. 안방으로 돌아온 할머니는 구들장이 꺼지게 한숨을 쉬면서, 다시는 안 그러겠다고 빌기 잘하는 놈치고 다시는 안 그러는 거 못 봤다고 중얼거렸다. 그건 아마 방 한구석에서 자신 때문에 일어난 일을 남의 일처럼 재미나게 엿듣고 있는 철부지 딸에 대한 연민도 겸한 탄식이었을 것이다. 이런 광경을 흥미진진하게 구경하는 한편 뻔한 해피엔딩을 위해 풍성한 음식 장만을 하던 며느리들이 즉각 주안상을 내가면 사랑방의 분위기는 기다렸다는 듯이 화기애애해졌다. 고모에 비해 심약하고 섬세한 편인 고모부가 적진처럼 삼엄한 처갓집에 단신 나타날 수 있었던 것은 그 시간을 위해서가 아니었을까.

처남 매부 네 남자는 체면상의 적대관계에서 의기투합한 남자끼리로 변했다. 우선 3대1의 불공평한 싸움에서 선전한 매제를 위무 격려하고 못돼먹은 여자들을 성토했을 것이다. 통음이 밤새도록 계속되고 술 실력에는 막상막하인 네 남자는 곤죽탕처럼 진하게 어우러졌다. 다음 날 고모는 이것저것 할머니가 며느리들 눈치 봐가며 챙겨준 보따리를 이고 빈손 흔들면서 의젓하게 걸어가는 고모부 뒤를 다소곳이 따랐다.

아버지의 사남매 중 우리 아버지가 먼저 세상을 떠서 고모의 빽은 두 사람으로 줄었다. 그러나 고모의 친정 의존도는 나아지지 않았다. 아버지의 남은 두 형제들이 고향을 떠나 서울로 이주하게 되자 고모도 시집에서 세간을 나서 오빠들 곁에 셋방을 얻었고 그러는 사이에 아들이 둘 태어났다. 그때까지도 고모부는 일정한 직업이 없어서 고모는 친정 곁에 혹처럼 붙어살며 거의 친정식구들과 한솥밥을 먹다시피 했다.

무서운 처가가 지척에 있건 말건 사흘이 멀다 하고 부부싸

움하는 버릇은 여전했다. 부부 사이가 원만치 못할 때 여자가 친정 쪽에 많이 의지하게 되는 것은 흔히 있는 일이나, 남자가 별로 탐탁지도 않은 아내의 오빠들과 친형제간 이상으로 끈끈하게 엉겨 붙는 건 어딘지 정상이 아니었다.

고모부를 대하는 내 마음도 이랬다저랬다 갈피를 잡을 수가 없었다. 역성들어줄 할머니가 안 계셔서인지 고모는 툭하면 고모부를 원색적으로 거칠게 욕했고 그럴 때마다 나는 고모부를 같이 미워하다가도 따로 그를 대할 때면 단지 장가를 잘못 들었을 뿐 그에겐 아무 잘못이 없다 싶어지면서 어떡하든 잘해주고 싶었다. 오빠는 나보다 더 고모부 편이었는데, 심약하고 우울한 식민지 청년에게 일본 유학까지 하고도 일정한 직업 없이 멋대로 사는 고모부의 자유분방하고 데카당한 분위기는 거역할 수 없는 매력이었던 것 같다.

해방 후 고모부는 아주 큰 잘못을 저질렀는데 해외동포들이 물밀듯이 해방된 조국으로 돌아올 때 그는 반대로 좋아지내던 일본여자를 따라 일본으로 밀항해 들어갔다. 그 후 고모부는 우리 식구들에게 명실공히 죽일 놈이 되어 입초시에 오르내리는 것조차 금지되었지만 오빠는 간간이 고모부와 서신 연락을 하는 것 같았다. 일본여자하고 그곳에서 무슨 일이 있었는지 고모부는 오빠에게 절절한 참회의 편지를 보냈고, 오빠의 위로에 힘입었는지 어쨌는지 귀국해서 마음잡고 생전 처음 건실한 생활인이 되었다. 고향으로 내려가 송도중학교 선생이 된 것이다. 고모도 친정 곁의 혹살이를 청산하고 난생 처음 남편이 벌어다 주는 돈으로 쌀 사고 장작 사는 신접살림을 하게 되었다.

겨우 일 년이나 그렇게 살았을까. 6·25가 나고 고모부만 남쪽으로 내려왔는데 그 후 개성은 돌아갈 수 없는 휴전선 이북 땅이 되었다. 처자식은 물론 부모형제가 아무도 못 내려오고 혼자 남쪽 사람이 된 고모부는 우리 식구와 한솥밥을 먹으면서 그 후 처가가 겪어낸 온갖 고난과 역경을 함께했다. 난리 중에 오빠도 죽고 막내 삼촌도 죽어서 나에겐 삼촌이 하나밖에 안 남게 되었다. 하나 남은 삼촌은 누이 없는 매제를 극진히 아꼈고 나도 고모부를 삼촌이나 오빠처럼 따르고 의지했다. 고모부는 난리를 치르면서 허룩하고 고적해진 우리 집안에 없어서는 안 될 중요한 어른이 돼버린 것이다.

그때 우리 식구하고 고모부하고 얼마나 화해로웠느냐 하면 마치 군식구가 빠져나가고 알짜 식구만 남았을 때와 같았다. 고모부를 좋아한 나머지 마음속에서 고모를 군식구처럼 소외시켰다고는 하나 고모부마저 고모를 잊어버리고 살았어도 우리가 고모부를 그렇게 좋아할 수 있었을까. 그건 아니었다.

삼촌하고 고모부는 거의 매일 어울려 술을 마셨고 술만 마셨다 하면 질질 짜면서 북에 남아 있는 처자식을 그리워했다. 처조카인 나한테까지 전에 할머니 앞에서 그랬듯이 처자식 못할 노릇만 시킨 지난날을 뉘우치며 참회의 눈물을 흘렸다.

 울적하고 희망 없는 전쟁 중이었다고는 하나 고모부의 몸부림은 그 도가 지나쳐 주사 수준이었다. 휴전 후 남쪽에서 다시 중학교 교사 자리를 얻은 고모부는 우리 집에서 떨어져 나갔지만 밖에서 삼촌과 어울리는 건 여전하여 우리는 사흘이 멀다 하고 고모부의 주사에 시달렸다. 주사란 친한 친구나 부부간의 정도 뗄 수 있을 만큼 고약한 것이다. 그러나 우리가 고모부의 주사를 싫어하지 않았던 것은 고모를 사랑하고 있기 때문이었다. 고모부의 주사를 통해 떼어내도 떼어내도 출가외인이 되지 못한 애물단지 고모는 여전히 우리 안에 머물고 있었다.

 고모부가 날로 황폐해지는 걸 보다 못한 삼촌은 고모부에게 재혼을 진지하게 권했고 고모부 또한 은근히 바라던 바였는지 좋은 여자와 연이 닿아 재혼하게 되었다. 그 여자는 하필 나하고 동갑이었다. 삼촌은 그 여자를 누이라고 불렀고 그 여자 역시 삼촌을 오빠 오빠 하고 따랐다. 나는 동갑내기한테 차마 고모라고는 못 했지만 누구보다도 그 여자하고 친했다.

그 여자는 이북사람도 아닌데 혈혈단신이었다. 고모부가 재혼함으로써 으레 우리 식구로부터 떨어져 나가려니 하고 미리 심란해하던 우리는 그 여자가 의지할 데라곤 우리 식구밖에 없다는 데 묘한 안도감을 느꼈다. 그들의 결혼식 때는 물론이고 아이를 낳고 백일잔치, 돌잔치를 할 때도 친척 노릇할 하객은 우리 식구밖에 없었다. 사실은 친척도 아니면서 우리는 그 여자의 친정식구이자 시집식구 노릇을 아무런 갈등 없이 겸했다.

그 여자의 헌신적인 노력으로 고모부의 주사는 많이 나아졌지만, 그 대신 맨 정신일 때도 북에 있는 아내를 그리워하고 찬양하는 말을 입에 달고 살았다. 우리 식구들 앞에서 그러는 건 참아줄 만한 아부로 여기면 그만이었다. 옛날 처가에라도 빌붙고 싶게 남한에서의 그의 처지는 고적했으니까. 그러나 그 여자 앞에서까지 매사를, 음식 솜씨나 아이 기르는 법, 심지어는 용모까지를 북의 아내와 비교해가며 그 여자가 훨씬 못 미치는 듯이 깎아내리는 건, 우리에겐 아부가 될지 몰라도 그 여자에겐 지나친 모욕 같아서 우리를 편치 못하게 했다.

우리는 그 집에 흉허물 없이 드나들던 걸 차츰 자제하게 되었다. 그 여자를 위해 우리가 할 수 있는 최소한의 배려였다. 그러나 고모부와 삼촌하고의 우애는 여전해서 자주 밖에서 어울려 술타령을 하는 것 같았다. 나는 삼촌을 통해서만 고모부의 근황을 알 수 있었다. 요즘 고모부 어떻더냐고 물으면 삼촌의 대답은 한결같았다. 제 버릇 개 주냐? 하고 쓸쓸하게 웃었다. 여전히 고모부가 고모한테 잘 못해준 걸 뉘우치고 그리워한다는 걸 알 수 있었다. 그러나 그건 삼촌 말마따나 단지 버릇일 뿐인지도 몰랐다.

삼촌이 세상을 뜰 무렵을 전후해서 고모부는 식구를 다 데리고 미국으로 이민을 떠났다. 고모라는 공동의 추억을 통해 맺어진 인척관계는 그렇게 해서 막을 내렸으려니 했다. 그러나 고모부는 이삼 년에 한 번씩 귀국할 때마다 나를 찾았고 나이 들수록 절절해지는 부정을 호소했다. 그는 재혼한 부인 사이에서 남매를 더 두었지만 북에 두고 온 두 아들들의 생년월일을 정확하게 기억하고 있었고 그 아이들 생각으로 잠 못 이루면서 눈물로 베개를 적신 이야기를 털어놓았다. "이런 말을 조카님 말고 누구에게 하겠오." 그제야 내가 그와 추억을 공유할 수 있는 마지막 한 사람이라는 데 생각이 미쳤다.

친정식구들 중 내가 제일 나이가 많다. 어느 틈에 그렇게 되어버린 것이다. 모르고 당한 일이고 안다고 피할 수 있는 일도 아니지만 순간 끔찍한 생각이 들었다. 고모부는 이제 술도 반주 정도로 조금밖에 못 한다고 했고, 예전처럼 달변이지도 않았다. 가래침 섞인 탁음으로 느리게 이어지는 그의 하소연의 진실성을 조금이라도 의심한다면 그건 죄악일 터였다. 그를 통해 미국의 시민권자는 북의 가족이 살아 있다는 것만 확인되면 고향을 방문하는 게 별로 어려운 일이 아니라는 걸 들었고, 그도 적지 않은 경비를 들여가며 여러 경로를 통해 북의 처자식 생사를 알아보고 있는 중이라는 걸 알게 되었다. 아직 남한에선 보통사람이 북과 접촉하는 건, 무슨 화를 입을지 모르는 엄청난 일일 때였다.

고모부가 희망에 부풀어 있는 걸 보면서 나는 그가 북과의 접촉을 용이하게 하려고 이민을 갔구나 넘겨짚고 속으로 얼마나 감격했는지 모른다. 남한에서 공식적인 이산가족 신청을 받을 때도 나는 하지 않았다. 지리적으로도 미국이 우리보다 북한과 훨씬 더 가깝게 느껴졌고, 그렇게 가까운 곳에서 촌수로도 나보다 가까운 처자식을 찾고 있으니 생존해 있다면 반드시 찾아내려니 했다.

미국으로 돌아가고 나서도 고모부는 일 년에 서너 번 정도는 전화를 했다. 전화요금이 걱정되어 다음부터는 이쪽에서 걸어야지 벼를 정도로 고모부는 전화만 걸었다 하면 끊을 줄을 몰랐다. 북에 갔다 온 동포들한테 들은 고향산천 얘기를 비롯해서 다들 잘도 상봉이 이루어지는데 왜 나만 이렇게 안 찾아지는지 모르겠다는 조바심, 그리고 고모부의 고정관념처럼 돼버린 죄책감까지 한 얘기를 하고 또 했다. 지겨웠지만 그런 말을 알아듣고 맞장구쳐줄 이가 나밖에 없는 걸 어쩌겠는가.

여기서도 남북의 긴장상태가 점차 완화되면서 공식적으로 이산가족 상봉 신청을 받는 것 말고도 개별적으로 생사를 확인하거나 소식을 주고받을 수 있는 루트가 다방면으로 생기는 것 같았다. 이산가족들이 희망에 부풀어 우왕좌왕하기도 하고 조바심하기도 하는 걸 보면서 나는 고모부를 핑계로 느긋하게 비켜나 있을 수 있다는 게 얼마나 좋은지 몰랐다. 내 고향이 이북이라는 걸 알고 혹시 남아 있는 가족은 없느냐고 물어오는 친지들이 있다. 그러면 고모님이 한 분 계시지만 고모부가 미국으로 이민까지 가서 열심히 찾고 있으니 나까지 나서서 혼선을 빚을 게 뭐 있나요, 하면 그만이었다.

97년에 LA에 갈 일이 있어 준비 중일 때 고모부한테서 전화가 걸려왔다. 늘 그렇듯이 고모 얘기, 고향 얘기를 하고 싶어서 건 전화지 별다른 용건이 있는 건 아니었다. LA에 갈 일이 있다고 했더니 자기는 이제 건강이 예전 같지 않아 한국에 갈 수 있을 것 같지 않다면서, 갈 수 있다고 해도 누굴 보러 가겠느냐 조카님밖에 보고 싶은 사람이 없는데 여기까지 온다니

꼭 들러달라고 애걸을 하다시피 하는 거였다.

고모부는 C시에 살고 있었다. 같은 미국 내라고 해도 서부와 중부는 서울과 부산하고는 다른지라 마음을 못 정하고 있는데 그곳에 있는 문인단체와 도서관에서 강연을 할 일정까지 잡아놓고 초청을 하기에 응하지 않을 수가 없었다. 고모부가 그 동네서도 발이 넓구나 싶은 것 또한 나쁘지 않았다. 부지런히 전화가 오가고 최종적으로 팩스로 보내온 일정표에 의하면 C시에 도착하는 날 저녁은 고모부네 가족과 초청인의 가족이 함께하기로 되어 있었다. 정식 초청자는 그곳에 있는 문인단체의 장으로 돼 있었다.

그러나 LA에서 볼일을 다 보고 C시로 날아갔을 때 공항에 고모부의 모습은 보이지 않았다. 왜 여태껏 고모부의 건강에 대해선 한 번도 걱정해본 적이 없었나, 처음으로 자신의 무신경을 탓하면서 새삼 팔순이 넘은 연세를 생각하고 가슴이 내려앉았다. 그동안 LA에서의 볼일은 부수적인 게 되고, 고모부를 만나는 일이 내 미국 여행의 주목적이 돼 있었기 때문에 생각보다 많은 사람들의 영접을 받았음에도 나는 마냥 허전하고 불안했다.

마중 나온 이들은 어색하게 웃기만 해서 나를 더욱 불안하게 하더니 시내로 들어오는 차 안에서 비로소 진상을 가르쳐주는 것이었다. C시에서 나오는 미국판 H일보에 내가 그 도시를 방문한다는 기사가 비교적 크게 나온 모양이었다. C시는 미국 굴지의 큰 도시지만 한국 신문을 읽는 교포사회는 소수집단이니까 모국에서 조금만 이름 있는 작가가 들른다 해도 일부러 몰래 다녀가지 않는 한 신문의 동정난에 실린다고 했다. 하지만 내 방문을 비교적 자세하고 크게 취급한 것은 기자가 고모부와 나와의 관계에 흥미를 느꼈기 때문인 듯했다.

또 준비해놓은 몇 건의 미팅에 더 많은 참석을 유도하는 선전효과 같은 것도 고려했음 직하다. 이번에 C시를 방문하게 될 소설가 박 아무개는 C시 교포사회의 터줏대감 격인 전 아무개 노인의 처조카가 되는데 보통 처조카가 아니라 그 노인이 북에 두고 온 전처의 조카인데도 늘 서로 안부를 전하고 그리워하는 마음이 극진하여 이번 방문이 이루어졌다는 기사는 폭로기사라기보다는 따뜻한 미담에 가까웠다고 한다.

그러나 그 기사 때문에 고모부의 현재 부인이 조강지처가 아니라 남쪽에서 새로 장가든 두 번째 부인이라는 게 교포사회에 널리 알려지게 된 모양이었다. 그것 때문에 그 여자가 몹시 분노하여 지금 가정불화가 거의 파탄 직전까지 가 있다고 했다. 황당했다. 나는 나의 부주의한 방문을 후회하는 한편, 여러 가지 의혹이 꼬리에 꼬리를 물고 의식을 갉죽거려

고모부가 원인이 되어 성사된 미팅을 치러내는 삼박사일 동안이 여간 불편하고 짜증나는 게 아니었다. 무엇보다도 고모부를 믿을 수 없게 된 일이 가장 괴로웠다.

나는 여태까지 무슨 근거로 고모부가 다만 북쪽의 처자식하고의 접촉을 용이하게 하려고 미국 이민을 했다고 믿어버린 것일까. 감쪽같이 속아 넘어간 느낌이었다. 고모부가 혼자가 아니라 남쪽에서 새롭게 만든 알토란 같은 처자식을 동반하고 있다는 걸 내가 거의 염두에 둔 적이 없는 걸 보면 고모부가 나를 속인 게 아니라 내가 나를 속인 건지도 모르겠다. 속았다기보다는 일종의 책임 회피였다. 고모의 친정식구 중에 고모하고 추억을 공유할 수 있는 사람은 이제 나밖에 남아 있지 않았다. 내가 고모를 만날 수 있다고 해도 고모에게 전해줄 수 있는 소식은 고모가 그렇게도 애착하던 친정붙이들의 몰살에 가까운 부음밖에 없었다.

고모부의 이민의 의미는 나의 일방적 오해였다고 쳐도 의혹은 남는다. 실은 그 나중 의혹을 피해갈 수 없기에 괴로운 것이다. 현재의 아내가 그렇게도 지독하게 남편한테 북에 두고 온 전처가 있다는 걸 교포사회에 알리고 싶지 않아하는데, 어떻게 거기서 이산가족 상봉 신청을 할 수 있으며 어떻게 북과 왕래할 수 있는 인편을 통해 알아보는 걸 시도라도 할 수 있겠는가.

　귀국하는 날 처음으로 공항에서 고모부를 만날 수가 있었다. 그는 여전히 멋쟁이였다. 미안하다, 볼 낯이 없다는 소리만 되풀이하면서 눈물을 그렁거렸다. 그리고 가지고 나온 스크랩북을 펼쳐서 보여주었다. 그는 그곳에서도 두 종류의 한국 신문을 받아보고 있었고, 거기 난 나에 관한 기사나, 기고한 글들을 꼼꼼하게 스크랩해서 가지고 있었다. 그렇다, 그는 문학청년이었다. 그는 아직도 꿈꾸기를 계속하고 있을 뿐 나쁜 사람은 아닐 것이다. 오빠하고 나하고 그를 좋아한 것은 고모부라서가 아니라 당시에 융통성 없고 고루한 우리 집안에 그가 유입시킨 30년대 일본의 데카당하고 예술적인 감수성의 낯설음 때문이 아니었을까.

　금년은 남북관계가 획기적으로 달라진 해이다. 나도 이산가족 상봉 신청서를 받아 왔다. 고모부를 믿지 않게 됐으니 나라도 나서야지 별수 없었다. 고모의 왼쪽 뺨 눈밑에 있는 도장 자국만 한 홈에 대해서까지 써놓고도 아직도 제출은 못하고 있다. 무얼 그렇게 망설이는지. 주줄이 부음밖에 전할 수 없는 게 두렵고, 공개적으로 만날 수밖에 없다는 건 더 참을 수가 없다. 지금처럼 상봉하는 이산가족의 일거수일투족이 스포트라이트를 받고 전파를 타고 세계로 퍼져나갈 때 고모부 일가에 또 무슨 풍파를 일으킬지 예측할 수 없기 때문이다.

고모하고 고모부는 십오 년이 채 안 되게 같이 살았다. 그 후 따로 산 세월은 오십 년이다. 순전히 타의에 의한 한 많은 이별이었지만 한을 푸는 것 못지않게 오십 년의 사생활 또한 중요하다. 본인의 의사와는 상관없는 이별이 아무리 부당한 것이라 해도 그 후 새로 살아낸 자그마치 오십 년 세월까지 부당해지는 건 아니다. 오십 년의 사생활을 보호할 것이냐 이별의 한을 풀 것이냐는 당사자가 결정할 문제다. 제삼자는 비켜나 있어야 한다.

나는 한 번 한 실수를 되풀이할 생각이 없다. 그러나 북에 고모가 살아 있다면 남에서 누가 찾아주길 얼마나 기다릴까. 그 응석꾸러기가 이를 갈고 원망을 할 생각을 하면 마음이 쓰리고 아프다. 이런 느낌은 부부간에는 감지할 수 없는 핏줄끼리만의 끌림이 아닐까. 고모님 연세나 내 나이를 어디다 붙들어 매놓기라도 한 것처럼 나는 아직도 이러지도 저러지도 못하는 망설임만을 되풀이하고 있다. 또 한 해가 저물어가는데.

유년기의 추억 중 가장 그립고도 애처로운 것은 기다림이다.

6 황홀한 선물

우리가 잃어버린 진정 소중한 것

　　　　　　잘생긴 겨울나무를 볼 때마다 박수근 화백을 생각하곤 한다. 그가 그린 겨울나무들이 다 잘생긴 건 아니다. 이파리는 물론 잔 가장귀들이 대담하게 생략된 나목들은 뒤틀린 것도 있고, 등걸만 남은 것도 있고, 너무 쓸쓸한 것도 있다. 그러나 그 자체로서 보탤 것도 덜 것도 없이 완벽하게 조화롭다. 벌거벗고 서 있음에도 불구하고 늠름하고 생명력이 넘친다. 그러나 혼자 서 있는 나무는 거의 없다. 그 곁엔 늘 여인들이 있다. 여인들은 머리에 뭘 이고 어디론지 총총히 가고 있지 않으면 아이를 업고 있다.

　언젠가 박수근 화백의 회고전에서 만난 유홍준 교수한테서 이런 얘기를 들은 적이 있다. 박수근 그림에 나오는 여자들은 거의 일하는 여자들인데 남자들은 우두커니 앉아 있지 않으면 놀이를 하고 있다고. 참 유홍준다운 예리한 관찰이다. 그러나 그건 박수근의 여성관이라기보다는 그가 한참 왕성하게 그림을 그리던 50년대와 60년대 초반의 우리나라 시대상이었다.

남자들은 일하고 싶어도 일자리가 없었다. 전쟁이 끝났다고는 하나 일자리가 창출되지 않아 곤궁하고 암울한, 희망 없는 시대였다. 그래도 여자들은 희망을 잃지 않았다. 날품팔이라도 해서 열심히 식구들 먹을 것을 날랐다. 겨울나무들 곁을 지나가는 여인들의 걸음걸이는 그래서 서두르는 기색이 역력하다. 그러나 결코 궁상맞아 보이지 않는다. 지금 비록 헐벗었지만 열심히 봄을 준비하고 있는 나무가 곁에 있기 때문이다. 반대로 나무 곁에 여인들이 없었어도 그 이파리 하나 없는 나무가 그렇게 살아 있는 나무로 보일 수 있었을까. 나무와 여인은 똑같이 봄이 멀지 않다는 희망을 잃지 않음으로써 서로 그렇게 조화롭다.

어수선한 세기말이었을 것이다. 인사동 거리를 지나다가 거리를 가로지른 수많은 전시회 광고 중에서 박수근 판화전이 눈에 띄어 들어가보게 되었다. 들어가자마자 정면으로 아기에게 젖을 물린 엄마의 모습에 아, 하고 탄성을 지르고 말았다. 넓지 않은 화랑을 압도할 만한 대작이었지만 그 판화에 사로잡힌 것은 크기와는 다른 그 넉넉함 때문이었다. 겨울나무를 그릴 때보다 더 많이 선을 생략하고 몇 개의 둥근 선만 남겨놓고 있었다. 나목을 많이 봐온 나는 박수근의 직선이 하도 힘차고 섬세하여 직선에 능한 화가라고 생각하고 있었다. 그러나 이 〈젖먹이는 엄마〉 앞에선 곡선이야말로 그의 시작이요 마지막이 아니었을까 싶은 생각이 들었다.

  치졸한 듯한 완숙함이랄까. 그는 불필요한 선을 생략한 게 아니라 기교를 생략함으로써 숨결처럼 섬세한 분위기까지 살아 움직이게 하고 있었다. 잔재주 부리지 않고 도달한 가장 자연스러운 상태, 인간 심층의 선의와 그리움을 불러일으키는 이상한 힘이 바로 예술이라는 것 아닐까. 몇 개의 단순한 곡선만 가지고 어찌 저리도 완벽하게 젖을 물린 어미와 젖을 빠는 아기의 만족감과, 모자간의 소통과 일치를 표현할 수가 있었을까.

  그 어미는 방금 그날의 품삯으로 하루치의 일용할 양식을 머리에 이고 겨울나무들 사이를 총총히 통과해 온, 바로 그 여인이 아니었을까. 아기는 누이나 할머니 등에서 온종일 칭얼대며 엄마를 기다렸을 것이다. 할머니의 빈 젖을 빨기도 했을 것이며, 누이가 끓여주는 암죽으로 허기를 달래기도 했을 것이다. 젖이 없으면 못 살 갓난아기는 아니라 해도, 아기가 지금 참아야 하는 것은 배고픔보다는 엄마의 체온이다.

드디어 기다리던 엄마 품에 안긴 아기가 저리도 만족스러운 것은 목구멍으로 젖이 꼴깍꼴깍 넘어가서만이 아니다. 아기의 고사리 같은 손을 보라. 엄마의 다른 한쪽 젖을 조몰락거리고 있지 않은가. 모유로 자식을 기른 엄마는 안다. 아기는 엄마 젖을 먹을 때 반드시 한 손으로 엄마의 다른 한쪽 젖을 조몰락거린다. 그건 아기가 뱃속으로부터 배워가지고 나온 엄마에 대한 애정표현이고, 이 세상이 살 만한 곳이구나 확인하고 안도하는 인간에 대한 믿음의 시작이다.

아기가 그 시절을 기억 못 한다 해도 적어도 엄마 젖을 먹고 자란 아기는 본질적인 악인은 될 수 없다고 나는 믿고 있다. 그래서 그 시절에 엄마들은 당당하게 양쪽 가슴을 다 드러내고 젖을 물렸다. 모유를 먹이는 엄마가 줄어들고, 설사 먹인다 해도 한쪽은 감추고 한쪽만 겨우 아기 입에 물리는 요즘의 수유는, 유아기의 성욕 어쩌구 하면서 유방에도 모성 이미지보다는 성욕의 이미지를 더 강조한 서양문명과 낙농업자들의 영향이지 싶다.

그런 것들한테 오염되기 이전의 모성은 얼마나 당당하고

넉넉하고 아름다운가. 이 판화는 우리로 하여금 시간의 더께를 벗고, 박수근의 진국스러운 여성관과, 우리가 잃어버린 진정 소중한 것이 무엇인가를 뭉클하니 환기시킨다.

황홀한 만남

　　　　　　　　작년에 이웃집에서 화초를 한 뿌리 얻어다 심었다. 상사초라고 했다. 이름이 참 예쁘다고 생각했지만 꽃도 안 피고 잎은 곧 시들어버렸다. 잘못 옮겨 심어서 죽었나 보다고 생각하고 곧 잊어버렸다. 잊어버리고 있는데 장마 중에 꽃대가 올라와 꽃이 피긴 했지만 영양실조가 역력한 파리한 꽃이 피자마자 장대비를 맞고 쓰러져 못 일어나고 말았다. 잎도 꽃도 될성부르지 않기에 뿌리도 성할 것 같지가 않았다. 그러나 금년 봄에 제일 먼저 땅을 뚫고 올라온 게 상사초 잎이었다. 산에 아직 잔설이 남아 있을 때였다.
　아직 일년초들은 눈도 트기 전에 수선화를 닮은 싱싱한 잎이 홀로 너울대더니 여름도 되기 전에 자취 없이 사라져버렸다. 그동안 무성해진 한련, 봉숭아 따위에 묻혀서 상사초는 있었던 자리조차 불분명해졌다. 장마 중에 두 개의 꽃대가 십 센티나 올라온 걸 발견하고서야 아아, 참, 상사초가 여기 있었지 겨우 생각이 났다. 잎이 진 지 두 달은 지나서였을 것이다.

그 꽃대는 하루에 십 센티씩 자라는 것 같았다. 발견한 지 사나흘 만에 오십 센티가 넘는 긴 꽃대가 되었고, 꽃대 끝의 꽃봉오리도 여러 송이였다. 분홍도 아니고 보라도 아닌 청승맞은 빛깔로, 나리꽃 모양의 통꽃이 뭐가 그렇게 급한지 무리 지어 한꺼번에 피어난 걸 보니까 이상하게 섬뜩한 느낌이 들었다. 같은 뿌리에서 난 잎과 꽃의 서로 만날 수 없음을 왜 옛사람들은 상사相思에 비하였을까. 예쁜 이름이라 생각했던 게 잔인한 이름으로 여겨졌다.

우리의 토종 화초나 야생꽃 이름 중에는 예쁜 것도 많지만, 너무 극사실적이어서 잔혹한 것도 꽤 있다. 며느리밥풀이나 며느리밑씻개 따위 풀이름에는 잔혹한 여인애사女人哀史가 고스란히 들어 있다. 상사초 또한 남녀의 자유로운 연애감정에 대해 언감생심 꿈도 꾸지 말라는 경계와 질투 섞인 가학취미가 스며 있는 것처럼 느껴졌다.

현대는 상사하는 사이의 못 만남은커녕 잠시의 엇갈림조차 불가능한 세상이다. 핸드폰이라는 물건 때문에, 연인들은 만나기로 한 장소에 이르기 전부터 어디만큼 왔나를 시시각각으로 확인할 수가 있다. 저러다가 만나면 무슨 얘기를 할까 싶게 계속하여 속살거리면서 만날 지점까지 가는 연인들을 심심찮게 볼 수 있는 게 요즘 세상이다. 그래서 나는 상사초한테 네가 무슨 상사초냐, 너는 이제부터 상극초 아니면 웬수꽃이나 돼야 할 것 같다고 비꼬아주었다.

며칠 전 시내에 나갔다가 늦게 들어간 날이었다. 마당에 들어서자마자 나는 곧장 상사초한테로 이끌렸다. 저만치서 보기에, 산에서 기묘한 새가 한 쌍 날아와 내 집 마당에서 잠시 사랑을 나누는 것처럼 보였다. 조심조심 다가가니 상사초였다. 마침 온종일 나리던 비가 개고 중천에 상현달이 걸려 있었다. 그 청순하고도 요염한 달빛은 저절로 달의 절정은 만월이 아니라 상현달이구나 하는 생각이 들게 했다. 분홍도 아닌, 보라도 아닌 상사초 꽃이, 얼굴 씻고 나온 반달빛을 만나자 믿을 수 없을 정도로 요요하게 빛났다.

그때 처음으로 나는 상사초의 꽤 진한 그러나 야하지 않은 향기까지 맡을 수가 있었다. 순간적으로 상사초가 피어난 건 저 달빛을 만나고저 함이었구나, 떨리는 마음으로 그런 생각을 했다. 그렇지 않고서야 달과 꽃이 각각 자신의 최고의 순간을 던

져 저리도 황홀하게 교감할 수는 없는 일이었다. 나 또한 그것들의 그런 순간과 만날 수 있어서 행복했다.

  사람이 살다 보면 이까짓 세상에 왜 태어났을까 싶게 삶이 비루하고 속악하고 치사하게 느껴질 때가 부지기수로 많다. 이 나이까지 견디어온 그런 고비고비를 생각하면 먹은 나이가 한없이 누추하게 여겨진다. 그러나 삶은 누추하기도 하지만 오묘한 것이기도 하여, 살다 보면 아주 하찮은 것에서 큰 기쁨, 이 세상에 태어나길 참 잘했다 싶은 순간과 만나질 때도 있는 것이다.

동숭동 캠퍼스의 추억

해방된 지 오 년째 되는 1950년은 특별한 해였다. 45년 종전이 된 게 8월이었기 때문인지 그 이듬해부터 49년까지 각급 학교의 학기말을 8월, 학기초를 9월로 변경하여 시행한 적이 있었다. 일제의 식민지 교육이 얼마나 가혹하고 철저했던지 나는 그때 중학교 2학년이었는데도 우리나라의 근본은커녕 한글도 배운 바가 없었다. 영어도 1학년 때 잠깐 배우고 적성국가 언어라고 해서 교과목 자체가 폐지되었다. 내 나라를 찾았다고는 하나, 각급 학교가 다, 어쩌면 대학생까지도 문맹이 있을 수 있는 딱한 형편이었으니 급한 대로 내 나라 글이라도 제대로 읽고 쓰게 하고 민주주의의 기본 원칙 정도는 가르쳐서 진학을 시키자니 학년말을 3월에서 8월로 연장한 건 어쩔 수 없는 궁여지책이었을 것 같다.

또한 여름에 학기가 끝나는 미국하고 같아진다는 것도 그럴듯하게 느껴졌다. 미국식은 뭐든지 좋아 보일 때였다. 그러나 학교 교육이 시작된 이래 만물이 소생하는 봄에 신입생도 뽑고 진급도 하는 걸 상서롭게 여겨온 민족적 정서하고는 맞지 않았나 보다. 다시 봄에 졸업과 진급을 시키는 제도로 환원시키되 단박 그렇게 하면 한 학년이 너무 짧아지기 때문에 그 과도 조치로 5월 학기말 6월 학기초를 시행한 적이 있었다. 그해에 졸업과 입학이 해당되는 우리에게는 매우 어중간한 해가 바로 1950년이었다.

나는 50년 5월 초에 숙명여중(그때 학제는 중고등학교가 분리되지 않고 중학교가 6년제였음)을 졸업했다. 이미 서울대 문리대에 합격한 후였다. 모든 것이 궁핍한 시대였건만 내가 나의 졸업식을 가장 화려한 졸업식으로 기억하는 건 원하던 대학에 합격했기 때문만이 아니라 그 계절의 화려함 때문이기도 했다. 5월은 라일락의 계절이요, 마거리트의 계절이었다. 지금처럼 요란한 꽃다발이 졸업생을 축하해주는 대신 무르익은 천지의 봄이 우리의 앞날을 축복해주는 것 같았.

대학입시는 4월 하순경에 있었던 것 같다. 인문계와 자연계를 합친 거라고 볼 수 있는 문리대는 지금의 마로니에 공원에 있었다. 문리대 앞으로는 성북동에서 흘러 내려오는 맑은 시냇물이 흐르고 있었고, 그 시냇물을 향해 흐드러지게 만개한 개나리가 이화동까지 끝도 없이 이어져 있었다. 나는 그때 돈암동에 살고 있었는데 입학시험 볼 때나, 합격발표를 볼 때나 전차를 타고 다녔다. 전차는 혜화동에서 동숭동으로 가지 않고 창경원 앞으로 하여 원남동으로 갔기 때문에 거기서 내려 대학병원을 지나 의과대학 정문으로 나오면 바로 문리대 정문이 마주보였다. 지금처럼 대학병원과 의과대학 건물이 크지 않고 조촐했기 때문에 원남동에서 동숭동에 이르는 길은 공원처럼 수목이 울창하고 꽃향기 그윽한 낭만적인 오솔길이었다. 문리대 앞은 시냇물이 해자처럼 찻길과 캠퍼스를 차단하고 있어서 돌다리를 건너야 정문을 통과할 수 있었다. 나는 대학병원에서 의대를 거쳐 문리대에 이르는 봄날의 싱그러운 숲길을 얼마나 사랑했던가.

지금은 3월에 학기가 시작되지만 일제 식민지하에서는 4월이었다. 그때만 해도 지금보다 겨울이 길어서 입시와 졸업식이 있는 2, 3월이 요즘보다 훨씬 더 춥고 을씨년스러웠다. 운동장에서 졸업식을 하려면 삭풍에 귀가 떨어져 나가는 것 같았고, 졸업식 후나 상급학교에 입학원서를 내고 나서는 으레 담

임선생님 인솔하에 남산 꼭대기에 있는 조선신궁에 참배해야 하는 일도 잊을 수 없는 굴욕이요 참담한 고행이었다. 입는 것, 신는 것이 부실했던 시절이라 입시나 졸업 하면 동상 걸린 발을 동동 굴러야 하는 혹한부터 생각나는 버릇이 있는지라 봄이 무르익을 대로 무르익는 화창한 날에 그런 일들을 치를 수 있다는 건, 50년도 졸업생에 한한 일회적인 특별한 혜택만 같아서 이게 웬 떡이냐, 그저 황홀할밖에 없었다.

가난할 때였지만 계절의 부조로 비로소 축제다운 축제를 경험했다. 입학식은 6월 초에 있었다. 그때 서울대는 각 단과대학이 서울 도처, 수원에까지 따로따로 흩어져 있을 때였다. 대학 본부는 문리대가 있는 동숭동 캠퍼스 안에 있었다. 입학식도 각 단과대학별로 따로 했는데 입학식 날 나는 처음으로 문리대생들은 서울대생이라는 것만 가지고는 성이 안 차는지 '대학의 대학'이라는 이름으로 문리대를 부른다는 걸 알게 되었다. 그 하늘을 쓰고 도리질을 해도 시원치 않을 것 같은 도저한 오만은 곧 신입생에게도 옮아 붙어 네모난 남색 바탕에 文理라고 떼어 쓰고 가운데다 서울이라고 세로로 쓴 문리대 배지를 달고 다니면 온 세상이 나를 우러르고 동경하는 것 같은 자기 황홀감에 빠지곤 했다.

의대, 공대, 상대, 법대 등 졸업하면 곧 써먹을 수 있는 실

용적인 학문을 선호하게 된 것은 6·25 후부터이고 그때까지만 해도 순수학문에 대한 열정과 자존심이 대단했다. 어쩌면 그건 경성제국대학을 제일로 치고 문리대야말로 그 정통이라는, 가장 꼴사나운 일제잔재였을 수도 있다. 그러나 돈벌이와 출세에 유리한 공부에만 치중하여, 모든 문화 예술과 인간에 대한 존엄성의 기초가 되는 순수학문이 상대적으로 형편없이 위축된, 오랜 경제제일주의 시대를 돌이켜볼 때, 다시 한 번 빛내야 할 전통이 아닐까 하는 생각이 든다. 일 년 중 가장 아름다운 시기에 입시를 치르고 눈부신 6월에 입학할 수 있었다는, 우리 교육 사상 단 한 번뿐인 행운이 주어졌다는 것만으로 50년을 특별한 해라고 말한 건 아니다.

그해는 6·25가 터진 해이기도 하다. 포성이 은은하게 들리는 것 같았지만 라디오에서는 우리 국군이 불법남침한 괴뢰군을 섬멸하고 승승장구 북진하고 있다는 승전보만 들렸다. 그러나 26일 아침 학교에 갈 때는 포성이 좀 더 가까이 들렸고 가로수를 꺾어서 철모와 군복을 푸르게 위장한 국군의 트럭들이 보얀 흙먼지를 쓰고 미아리 고개를 넘는 모습이 비장해 보였다. 연도에 선 시민들이 국군에게 박수를 쳐 환송했지만 그들의 굳은 표정은 풀리지 않았다. 전차를 타는 게 미안해서 걸어서 학교까지 가는 동안 불안은 점점 고조됐다. 당시의 이승만 대통령은 북진 통일을 외칠 때였고 북진만 했다 하면 점심은 평양에서 저녁은 압록강에서 먹는다고 호언장담했었다.

26일에도 결강 하나 없이 정상적으로 모든 강의가 이루어졌다. 수업이 다 끝난 후 누군가가 양주동 선생님 강의를 도강하러 가자고 했다. 도강이라는 말조차도 그렇게 신선하게 들릴 수 없는 신입생들이 몇몇 우르르 몰려가 뒤에 서서 소문으로만 듣던 양주동 선생의 명강의를 들었다. 향가를 처음으로 해석한 자기 자랑은 거칠 것 없이 오만하면서도 구수하고 걸쭉하여 시쳇말로 뿅가겠는데, 간단없이 들리는 포성이 전적으로 몰입하는 걸 방해했다. 그날의 포성은 강의실 유리창을 들들들 흔들 만큼 이미 가까이 다가와 있었다. 그럴 때마다 양주동 선생님은 괴뢰군이 멋모르고 까분다는 식으로, 이 대통령보다 더 큰소리를 쳐서 우리의 불안감을 가볍게 흩날렸다.

다음 날인 27일에도 걸어서 등교를 했는데 그때 벌써 미아리 고개에서 혜화동에 이르는 길은 괴뢰군을 무찌르러 가는 국군의 차보다는 북에서 소달구지에 피난보따리를 싣고 오는 피난민 가족이 더 자주 눈에 띄었다. 시민들이 그들에게 어디서부터 오느냐고 물으면 의정부에서 온다고도 했고, 동두천에서 온다고도 했다. 인민군이 어떻게 생겼더냐고 물어보는 사람도 있었다. 피난민들은 말도 말라고 치를 떨었다. 나는 그들이 인민군을 보았다는 것만으로도 신기해서 우리하고는 인종이 다른 사람 보듯이 신기해하며 바라보았다.

27일에 등교를 했는데 즉시 귀가 조치가 취해졌다. 미적미적 학도호국단이 단합대회인지 결의대회인지를 하는 것을 지켜보고 있는데 여학생들은 어서 가라고 쫓아서 집으로 돌아왔다. '대학의 대학'을 외치던 학교의 학도호국단이라 그 의기가 하늘을 찌를 듯했다. 그러나 바깥세상은 이미 어둡고 흉흉한 전운이 감돌고 있었다. 학교를 사수하겠노라는 학도호국단의 구호를 뒤로하고 돌다리를 건넌 게 나의 문리대 동숭동 캠퍼스로의 마지막 등교였다. 그 후 인민군 치하에서도 학교에 나간 적이 있고, 9·28 수복 후에도 학교에 나가 등록절차를 밟았지만 다 동숭동 캠퍼스는 아니었다. 동숭동 캠퍼스는 인민군이 쓰기도 하고 미8군이 쓰기도 했기 때문에 총장관저인 듯싶은 건물에서 등록을 받았었다.

53년 휴전도 되기 전에 나는 서울에서 결혼을 했다. 시집이 동숭동 옆동네인 충신동이었기 때문에 친정인 돈암동에 가려면 문리대 앞을 지나야 했다. 문리대 앞을 지날 때마다 못 이룬 청운의 꿈 때문에 가슴이 아팠고, 그 가슴앓이는 문리대

담장의 개나리가 피고 지고 캠퍼스의 라일락 향기가 행인의 코에까지 스밀 때 절정에 달했다. 그 후 문리대는 인문계와 자연계로 갈라졌고 캠퍼스도 관악으로 옮겨졌다. 문리대 건물은 지금의 문예진흥원으로 가까스로 그 흔적을 남기고, 시냇물이 없어진 지는 더 오래된다. 지금은 은성한 젊음의 거리로 변한 동숭동 일대, 청춘의 흔적은 가뭇도 없다.

우리 동네

　　　　　　지금 살고 있는 구리의 아치울 마을로 이사한 게 98년 봄이니까 팔 년 이상 산 셈이다. 그러나 이 동네를 알고 정을 들이기 시작한 지는 이십 년도 더 된다. 이 마을에 이주단지라는 이름이 붙고 일정한 규격의 집들이 들어설 무렵, 그러니까 우리 마을이 생겨날 때였을 것이다. 평소 알고 지내면서 존경해온 역사학자 이이화 선생님이 아파트 생활을 청산하고 이 마을에 새로운 둥지를 틀고 나서 한문서당을 열고 후학들을 가르칠 때, 나도 나이를 잊고 제자의 한 사람이 되어 이 마을을 드나들게 되었다.

　그때만 해도 교통이 불편했다. 내가 살던 방이동 아파트에서 천호동까지 버스 타고 와서 시외버스로 갈아타야 했는데 그 버스는 삼십 분 간격이던가, 되게 드문드문 왔다. 동구 밖에서 버스에서 내려 선생님 댁까지의 거리도 만만치 않아서 걸어 들어오기에는 벅찼지만 나는 그동안을 좋아하게 되었다.

서울에서 멀지 않은 곳에 어떻게 이런 동네가 있을 수 있을까, 매번 신기해하고 감탄해 마지않을 정도로 그때의 이 동네로 들어오는 길 주변은 시골스러운 자연환경을 고스란히 간직하고 있었다. 지금 아치울 2동이라고 부르는 우리 마을은 아차산이 두 팔 벌려 얼싸안은 형상의 지대가 약간 높고 아늑한 동네였고, 마을의 지형이 동쪽을 향해 국도 쪽으로 차츰 낮아지면서 부챗살처럼 퍼진 들판은 논밭과 맑은 시냇물과 과수원과 옛날식의 소박한 농가가 드문드문 분포된 전형적인 농촌이었다.

여름날 낭자한 개구리 울음소리를 들으면서 퇴비 냄새 섞인 신선한 시골공기를 폐부 깊숙이 들이마시며 논두렁길을 걷는 기쁨이 배우는 기쁨을 압도해 선생님 제자 중 제일 늙은 몸에 진도도 잘 못 따라가는 주제에 창피함을 무릅쓰고 끝까지 잘 다녔다. 그러다가 마침내 결실을 맺은 게 있다면 공부가 아니라 이 동네에 집을 사게 된 것이다. 이이화 선생 부인이 당신 집 이웃에 팔려고 내놓은 집이 있다고 소개를 해주어 가보고 전망에 반해서 당장 계약을 했다. 집의 구조나 외관,

얼마나 튼튼하게 지은 집인지는 관심도 없이 오로지 전망만 봤다. 그때의 내 형편이 아이들을 다 결혼시키기 전이어서 학교와 직장 관계로 당장 이사하는 건 불가능하니까 훗날을 기약하고 샀기 때문이다. 그때는 집값도 쌀 때였지만 전세를 주면 당장 집값을 다 치르지 않아도 된다는 이점도 이 집을 충동구매하는 데 일조했다.

그리고 98년에 집을 헐고 새 집을 지을 때까지 십여 년 동안 틈만 나면 이 동네를 드나들었다. 내가 전세를 준 이들은 화가, 조각가 등 평소에도 흉허물 없이 지내던 예술가들이어서 나는 눈치 보지 않고 내 집처럼 드나들며 마당에서 놀다 가기도 하고 차 대접을 받으며 수다를 떨다 가기도 했다. 아파트 생활이 숨 막히고 진력이 날 때, 아치울에 시골집이 있다는 건 생각만으로도 비죽비죽 웃음이 나올 정도로 나에게 큰 위안이 되었다.

그동안 나에게는 어려운 일도 많았지만 좋은 일도 많아서 아이들을 다 여의고 홀가분하게 아치울 주민이 되었다. 이사하고 난 첫날부터 고질적인 불면증을 잊고 푹 잘 수 있었고, 잠을 잘 자니까 고혈압, 당뇨 등 지병도 잘 다스려져 지금까지 건강하게 잘 살고 있다. 글쓰기도 순조롭고 문운도 따라주어 이 집에서 장편을 두 편이나 썼고 단편과 수필도 여러 편

쓰고, 큰 상도 여러 번 받았다. 우리 마을을 포근히 안아주고 있는 아차산의 지기 덕일 것이다.

직업상 우리 집에는 찾아오는 사람이 많은데 오는 사람마다 서울이 지척인 동네에 어떻게 이렇게 자연이 훼손되지 않은 마을이 있을 수 있느냐고 다들 놀라고 감탄한다. 내가 이 마을을 처음 와보고 경탄하던 것과 똑같은 소리들을 한다. 그러나 나는 이 마을의 옛 모습을 알고 있기 때문에 여기저기서 자연환경이 야금야금 훼손되는 걸 보는 게 가장 가슴 아프다. 이런 꼴을 보니 차라리 아파트에 사는 게 정신위생상 편할 것 같은 생각이 들 적도 있다.

그러나 시내 나들이라도 나갔다 들어오는 날이면 우선 동네 어귀부터 공기가 다르다는 걸 느끼게 된다. 콘크리트 숲과, 아스팔트로 된 길과, 그 길을 뒤덮은 철판으로 된 차들로 구성된 도심에서는 천만금을 주어도 살 수 없는, 다디달면서 한여름에도 샘물처럼 차갑고 청량한 공기를 들이마시고 있노라면 이 동네서 죽는 날까지 건강을 누리며 살고 싶어진다.

청량한 공기 말고도 이 동네의 자랑거리 하나를 더 소개하고자 한다. 우리 집에서 남향으로 난 창으로는 아차산에서 흘러내린 시냇물과 숲이 보이고 부엌 식탁에서는 동네가 다 보이는데 나는 숲이 보이는 창도 좋아하지만 오가는 사람들을 내다볼 수 있는 부엌 창이 더 좋다. 특히 아침나절 차를 마시며 밖을 내다보고 있으면 학교 가는 어린이들과 청소년들이 그렇게 많을 수가 없다. 어른이 태워주는 차를 타고 가는 아이들도 있지만 대개는 명랑하고 씩씩하게 걸어간다.

학교는커녕 유치원도 없는 마을에 이렇게 아이들이 많이 있다는 게 나는 기적처럼 눈부시다. 아마 다들 동구 밖까지 걸어 나가 구리나 서울 쪽으로 가는 버스를 타고 학교에 가리라. 외진 시골뿐 아니라, 도심에서도 학군이 시원치 않다거나 교통이 불편한 동네엔 거의 노인들만 사는 걸 보아왔기 때문에 그런 쪼잔한 조건보다는 심신의 건강의 기본이 되는 자연환경을 택한 그 청소년들의 부모에게 경의를 표하고 싶어진다.

그분들은 참 좋은 선택을 했다고 생각한다. 구리를 품고 있는 자연은 그냥 자연이 아니라 조선시대의 왕도와 선비문화와 고구려의 진취적인 기상이 도처에 숨 쉬고 있는 기품 있는 자연이다. 그 좋은 기가 자라나는 아이들에게 옮아 붙어 그 애들이 훌륭한 인재로 자라리라는 축복의 말을 아이들에게 전하고 싶다.

주민 모두가 우리가 의탁하고 있는 자연의 참 가치를 알고 아끼고 사랑할 뿐 아니라 훼손을 눈감아주지 않는 파수꾼 노릇 또한 해주었으면 하는 바람도 덧붙인다.

가장 확실한 암호

90년 여름 중국 연변에 갔을 때의 일이다. 그때만 해도 지금처럼 그쪽 여행이 자유스럽지 않았고 대행해주는 여행사도 없었다. 일행은 역사학자 한 분하고, 소설가가 나까지 두 사람, 도합 세 사람이었는데 북경에 있는 출판사에서 초청을 받는 형식을 취했다. 북경까지도 직항노선이 없어 홍콩에서 중국민항으로 갈아타고 갔으니 돌아도 이만저만 도는 게 아니었다. 지도상으로 지척인 땅을 돌고 돌아 가야 하는 것도 피곤하고 부담스러웠지만 중국에 거주하는 조선족을 어떻게 대해야 하는지 거기에 대한 올바른 정보가 없었기 때문에 기대뿐 아니라 걱정도 많이 됐다.

중국으로 떠나기 며칠 전 나자로 마을의 이경재 신부님으로부터 만나자는 연락을 받았다. 신부님은 나병환자가 있는 곳이면 세계 곳곳을 안 가보신 데가 없는 분이라 중국에 대해 뭔가 일러주고 싶으신 게 있는가 보다고 생각했다. 그러나 뜻밖에도 부탁할 게 있으시다면서 오천 불가량의 돈을 연변에 있는 수녀님들한테 전해달라고 하셨다. 분도수녀회의 수녀님 두 분이 연변에 있는 나병환자 전문병원에 파견되어 궂은일을 도맡아하고 있는데 완전한 무료봉사니까 그분들의 생활비랑 주거비랑 보내줘야 한다는 것이었다. 나도 외국여행은 여러 번 해봤지만 천 불 이상의 달러를 가지고 나가본 적이 없기 때문에 그런 거금을 몸에 지닌다는 게 겁부터 났다. 하지만 그런 좋은 일을 도와드리지 않을 수가 없었다.

  삼 주 정도의 일정이었는데 연변이 최종목적지였기 때문에 그동안 거금을 품고 다닌다는 게 늘 마음속에서 거치적거렸다. 북경의 7월 더위는 살인적이었다. 곧 죽을 것처럼 목이 말라 물이나 청량음료를 마시고 싶어도 그런 걸 마시면서 쉴 수 있는 냉방이 된 집이 우리나라처럼 흔하지 않았다. 거리에서 사 마실 수 있는 음료수는 거의가 뙤약볕 아래 커다란 얼음덩어리를 놓고 그 위에 음료수 병을 굴리면서 팔았다. 보기엔 시원해도 마셔보면 들척지근 미적지근해서 갈증이 곧 미칠 것처럼 심해지곤 했다.

　동행한 역사학자는 그곳에 아는 분이 많아 여러 분을 만나 보게 되었는데 그것도 줄곧 긴장의 연속이었다. 지나친 환대와 너무 많은 음식 때문이었다. 오랫동안 이질적인 체제와 문화에서 살아온 사람끼리 언어만은 서로 의사소통에 불편이 없다는 게 되레 서로를 이해하는 데 방해가 되기도 했다. 미리 어떤 사람을 경계해야 한다는 식의 불확실한 정보가 우리에게 깊이 주입돼 있는 것도 문제였다. 또 우리처럼 투철한 반공 이데올로기로 굳어진 머리로는 공산당의 중요 당직에 있는 명함을 자랑스럽게 내놓고 자기소개를 하는 조선족 지식인 앞에서 저절로 언동에 제약을 받게 된다는 것도 서글픈 일이었다.

　선조가 빼앗긴 조국을 떠나 남의 땅에 정착한 후 수십 년, 대代가 두 번 세 번 바뀐 2세대 3세대가 아직도 조국의 문화와 모국어를 원형에 가깝게 간직하고 있다는 것은 얼마나 아름다운 기적인가. 그러나 서로 이념이 다른 땅에서 생활해온 단절의 세월이 너무 길고, 그만큼 그릇된 정보를 많이 가지고 있다는 점이 마음을 여는 데 걸림돌이 되고 있었다.

　조선족 자치주인 연길에는 도착하기도 전에 이렇게 동포와의 만남에 지치고 나니 연길 가서 거금을 제대로 전할 수 있을까 그것도 차츰 근심이 되기 시작했다. 수녀님들이 파견된 나병원은 연길에서도 한창 외곽지대인 시골이고, 연길 시내에 있는 수녀님들의 숙소도 아직은 확정된 거처가 아니고 전화도 없다고 했다. 그러면서 신부님이 달러와 함께 건네주신 것은 주소도 없는 달랑 전화번호 하나였다. 그 번호로 전화를 걸어 누구누구를 찾으면 그이가 수녀님들을 찾는 데 도움을 줄 거라고 하셨다.

중국에 가기 전까지는 전화번호 하나로 사람을 찾아 중대한 일을 의논하는 게 그다지 큰일 같지가 않았다. 그러나 북경에서 여러 가지 일을 겪고 사람을 잘못 만나 계획에 차질을 빚고 난 후라 큰돈을 가지고 모르는 사람을 만난다는 게 겁부터 났다. 수녀님들이 연길에서는 수녀복조차 못 입고 평상복 차림으로 근무한다는 소리도 미리 듣고 왔기 때문에 내가 과연 사람을 옳게 만나 돈을 제대로 전할 수 있을지 걱정이 태산 같았다. 나는 마치 적지에 잠입해 우리 편과 접선해야 하는 겁쟁이 레지스탕스라도 된 것처럼 마음을 졸였다. 접선을 제대로 하려면 암호가 있어야 하는데 그것도 정해주시지 않고 중책만 맡긴 신부님이 원망스럽기도 했다.

연길에 와서야 개인 집에 전화가 있으면 아주 잘사는 집에 속한다는 걸 알게 되었지만 전화를 받고 달려와준 여자는 조

금도 부자 같아 보이지 않았고 오히려 평균치의 조선족보다 초라하고 꾸밈이라곤 없었다. 어찌나 순박하고 마음씨가 좋아 보이는지 오랜 고향친구를 만난 듯 마음이 놓이고 기뻐서 그동안의 노독이 스르르 풀리는 것 같았다.

꼭꼭 닫아걸고 있던 마음을 활짝 열어젖히니 어찌나 기분이 좋던지 나는 수녀님을 찾고 말 것도 없이 그 여자에게 거금 오천 불을 맡겨버리려고 했다. 이상한 일이었다. 의심으로 꽁꽁 뭉쳤던 마음이 그 여자를 천년지기처럼 믿고 의지하고 있었다. 그러나 그 마음씨 좋아 보이는 여자는 표정이 굳어지더니 여기까지 와서 수녀님들이 얼마나 고생을 하는지 안 보고 가도 되는 거냐고 물었다. 비로소 나는 부끄러워졌다.

그 여자는 자기 자전거 뒤에다 나를 태우고 수녀님들 숙소로 안내했다. 그 여자는 자전거를 빠르게 몰면서도 말은 도란도란 정답게 했다. 내 딸보다 어린 그 여자의 등이 꼭 큰언니의 등처럼 믿음직스러웠다. 그 여자는 먼저 자기가 가톨릭 신자라면서 자기소개를 했다. 수녀님이 수도복도 입을 수 없는 고장에서 신자 되기는 쉽지 않은 노릇이었을 것이다. 그래도 명목상 종교의 자유가 있는 나라라고 미사를 금하지는 않지만, 신자 티를 내거나 선교를 해서는 안 된다고 했다.

나는 그 여자의 큰언니처럼 믿음직스러운 등에 업히듯이

기대어 저절로 웃음이 났다. 티를 내지 말라고? 이렇게도 확실한 티를 누가 무슨 수로 금할 수 있단 말인가. 어디 한번 금해보라지. 나는 암호 없이도 그 여자를 알아본 게 신기하고 유쾌하여 그 여자의 등에서 착한 아기처럼 계속 벙글거렸다.

황홀한 선물

　　　　　　　　　　유년기의 추억 중 가장 그립고도 애처로
운 것은 기다림이다. 할아버지는 집안의 경제권을 쥔 유일한
분이었다. 신발이나 옷감 제수용품은 물론 바늘이나 물감 같은
사소한 물건까지 할아버지가 사오셨다. 그런 물건들을 할아버
지는 송도에 가실 때마다 사오셨고 일용품이 떨어졌다는 걸 며
느리들이 고하면 일부러 사러 가시기도 했다.
　우리 집은 개성 시내에서 이십여 리 떨어진 벽촌이었고 마을
사람들은 개성을 송도라고 불렀다. 거의 자급자족하는 농촌이
라 송도에서 사오는 물건은 뭐든지 신기하게만 보였다. 어려서
송도는 나의 꿈의 고장이었고, 송도 나들이가 잦은 할아버지는

나의 우상이었다. 할아버지는 바늘이나 실을 사러 가셨든 제수 용품을 사러 가셨든, 나에게 줄 미라사탕을 빠뜨린 적이 없으셨다. 미라사탕은 할아버지의 두루마기 주머니에 따로 들어 있었다. 할아버지는 복중에도 나들이 할 적에는 두루마기를 입으셨다. 명주나 무명 모시 등 철 따라 옷감은 바뀌어도 늘 흰 두루마기였다. 흰옷은 어둠 속에서도 식별이 잘 된다.

나는 동구 밖이 잘 보이는 사랑마루에 걸터앉아 할아버지를 기다리고 또 기다렸다. 졸음을 쫓으려고 "우리 할아버지가 시방 소리개 고개를 넘으셨으면 내 엄지손가락이 가운뎃손가락에 척척 붙어라"를 되풀이하면서. 그러다 그만 잠이 들기도 했지만 절대로 잠들 수 없는 날은 할아버지가 추석 장을 보러 가신 날이었다. 저만치 할아버지의 흰 옷자락이 산모롱이를 도는 걸 보고 쏜살같이 달려가 두루마기 자락에 휘감겼을 때, 거기서 나는 이루 말할 수 없이 좋은 냄새는 미지의 고장, 바로 도시의 향기였다. 깡충깡충 앞장서서 달려와 할아버지의 짐 속에서 제일 먼저 찾아낸 내 추석빔은 고무신이나 금박댕기가 고작이었지만, 그 어린 날 이후 지금까지 나는 그렇게 황홀한, 밤새도록 끼고 자고 싶은 선물을 받아본 적이 없다.

봄의 끄트머리, 여름의 시작

모란이 뚝뚝 떨어져버리고 나서 지금은 붓꽃과 창포의 계절이다. 모란은 참 점잖은 꽃이다. 피어 있을 때도 기품이 있더니 질 때도 경박하지 않게 뚝뚝 소리가 날 것처럼 장중하게 떨어진다. 모란이 봄의 끄트머리라면 붓꽃은 여름의 시작이다. 창포하고 붓꽃은 내가 심은 바 없는데 언제부터인지 마당 예서제서 나기 시작했다. 민들레 씨앗처럼 바람에 날리는 가벼운 씨앗이 있는 것 같지도 않은데 저절로 난 게 신기했다.

그것들은 어디서부터 왔을까. 무얼 타고 왔는지 모르지만 나는 그것들이 우리 동네 장자못에서 왔다고 믿고 있다. 그 연못은 창포와 붓꽃이 필 때가 가장 아름답다. 둘 다 물을 좋아하나 보다. 창포는 연못가 습지에, 붓꽃은 연못이 내려다보이는 둔덕에 무리 지어 군생한다. 둘은 거의 같은 시기에 피기 때문에 노란색과 보라색이 어울려 만개했을 때는 그 연못이 이 세상 연못 같지 않아진다.

나는 우리 동네의 그 연못 때문에 그 꽃들의 이름을 알았고, 물가를 좋아하나 보다는 짐작도 하게 되었다. 자생했다고는 하나 습지를 좋아할 것 같은 데다가 혼자 피어 있으면 눈에 잘 띄지도 않은 식물이 산골짜기 건조한 땅에 온 게 안쓰러워 물을 받아놓고 수련을 키우는 동그란 돌확 가에다 옮겨 심었다. 한데 모아놓고 보니 제법 여러 촉이 되어, 어울려야 폼이 나는 그 꽃의 아름다움을 집에서도 즐길 만하게 되었다.

마당에서 할 일도 많아진 데다가 이런저런 잡무까지 겹쳐 연못가로 산책을 못 나간 지 열흘도 넘는 사이에 돌확을 둘러싼 서늘한 이파리 사이에서 그야말로 붓끝같이 생긴 꽃봉오리가 올라오기 시작했다. 그걸 보니까 갑자기 연못에서 나를 부르는 것처럼 좀이 쑤셔 달려가 보니 거기서도 꼭 우리 집 마당의 것만큼 봉오리가 올라와 있지 않은가. 친한 척하느라 우리 동네라고 했지만 장자못은 집에서 가깝지 않다. 고지대하고 저지대는 기온차도 꽤 나고 우선 부는 바람의 기운이 다르다. 기온도 바람도 아닌 그 어떤 기운이 연못가와 산골에 각각 떨어져 있는 같은 종의 식물을 내통케 했을까. 별것도 아닌 것일 수도 있는 게 신비하게 느껴지고, 그 신비에서 하루를 사는 힘을 얻는다. 될 수 있으면 나의 하루하루도 그것들과 은밀하게 교감하는 나날이 되고 싶다.

붓꽃 다음으로도 피어나고 싶어 안달이 나서 순서를 기다리는 식물들이 마당에는 부지기수다. 흙을 만지고 있으면 그것들의 소리 없는 아우성이 손끝으로 느껴진다. 그렇지만 나는 그것들이 제 마음대로 땅을 차지하고 번식하도록 내버려두지를 못한다. 각각으로 있던 창포와 붓꽃을 내 손으로 한곳에 모은 것처럼 내 눈에 보기 좋도록 솎아내고 옮겨 심고, 보기 싫은 건 아주 제거하느라 매일같이 흙을 만진다. 손에 흙 묻힐 생각 없이 마당에 나갔다가도 간밤에 잔디 사이에서 거짓말처럼 세를 넓힌 토끼풀을 보아 넘기지 못하고 허리를 굽히면 한두 시간은 후딱 가버린다.

작년에 있던 자리에 몇십 몇백 배로 세를 불려 돋아나는 분꽃, 봉숭아, 백일홍 따위 일년초들의 그 왕성한 번식력과의 싸움도 손에 흙 묻히지 않고는 안 된다. 산야에서 자생하는 야생초도 누가 선물이라고 캐다 주면 우리 마당에선 귀빈 대접을 받는다. 잘 안 되면 햇볕이 넘치거나 모자라는 것도 같고, 토질이 안 맞는다 싶기도 해 이리저리 옮겨 심어보게 된다. 솎아주는 것도 옮겨 심는 것도 다 내 눈이 즐겁자고 하는 일인데 내 집에 오는 사람이 그걸 보고 칭찬해주면 마치 업고 다니는 내 아기를 누가 쳐다보고 예쁘다고 얼러줄 때처럼 으쓱하고, 본척만척 무관심한 사람은 정 없는 사람처럼 여겨져 속으로 슬쩍 삐치기까지 한다.

  들꽃이 예쁘게 보이면 그건 늙었다는 징조라는 글을 어디선가 읽은 적이 있다. 맞는 말이다. 산 날은 길고 긴데 살날은 아주 조금밖에 안 남았다는 걸 몸으로 느낀다. 이 세상 소풍 끝내는 날, 나도 가서, 아름다웠노라고 말하고 싶다. 그러나 내가 속한 지구촌에는 지금 너무도 추악한 역병이 만연해 있다. 칼끝처럼 섬뜩한 증오와, 살의가 살의를 부르는 복수심으로부터 아무도 자유롭지 못하다. 내가 하찮은 것들을 예뻐하려는 것은 가서 아름다웠노라고 말하기 위함인지 당면한 공포를 슬쩍 외면하고 망각하기 위함인지 나도 잘 모르겠다.

노란집

초판 1쇄 발행 2013년 8월 30일
초판 31쇄 발행 2024년 10월 17일

지은이 박완서
그린이 이철원
펴낸이 정중모
펴낸곳 도서출판 열림원

출판등록 1980년 5월 19일(제406-2000-000204호)
주소 경기도 파주시 회동길 152
전화 031-955-0700 | 팩스 031-955-0661
홈페이지 www.yolimwon.com | 이메일 editor@yolimwon.com
페이스북 /yolimwon | 인스타그램 @yolimwon

ⓒ 박완서, 2013
ISBN 978-89-7063-777-8 03810

● 책값은 뒤표지에 있습니다.